INK

文學叢書

111

凱撒不愛我

王健壯◎著

目錄

第一輯 媒體的礦工：調查記者

第三輯 媒體的柱子：專欄作家

〔序〕健壯如斯

陳浩

二十世紀八十年代的台灣新聞文化界是個釀酒的年代，有些佳釀現在最適飲，開瓶之後，略等一會兒，醇厚的香氣自然逸出。

他極少出現在電視上，但若在電視新聞片段裡看到他在一次又一次的司法戰役後出現，他說話仍然就像一篇寫好的文章，邏輯密實而有思想性，影像裡的他讓我想起大衛布林克萊那些第一代的（電視）文人記者。

他的文字讀來有力氣，讀後不妨翻到紙頁的背面，查看有沒有滲透的印子。有些句子頗可頌讀，想與他早年寫詩有關。

但他的眼神從不犀利，談吐有些溫柔。從十八歲那年秋天認識他開始，就想不通他如何能收斂鋒芒，又劍氣充沛，我猜那胸中的江河，是年少讀史的訓練。

他在大報館裡留下過傳說，曾是最年輕的「人間」主編，掀起過論戰，然後就走入新聞人的生涯，風雨江湖，星夜有酒。

在時代的牆上留下劍痕的，除了他的文字，必是《新新聞》。十八年來，高潮低潮，人來人往，有些名字或多於或少於《新新聞》，或大於或小於《新新聞》，若說有一人剛好等於，薛西佛斯和石頭，彼德潘與影子絲密合縫，必是王健壯。

那一日，在溫州街，書肆前，邂逅父子二人。一人身形壯碩一人氣質古典，想二十年前曾說他父子當易名，父曰澤生子曰健壯。今思所言差矣，十八年可如一日，其志不改，不改不改，斯人當得起健壯二字。

昨日的政治運動與自由啓蒙曾經一身兩任的年代，奮戰威權與爭自由新聞在同一列車上行駛，曾幾何時，運動者大半走上了權力的舞台，黨派政治耍成前所未見的迷霧，權力話語夾泥沙雜草十面埋伏。

在一個自由新聞傳統如斯斷裂的年代，他還是一心想找尋典範，實踐不能墮落的志向，爲人與爲文，都與權力人物平起平坐。不特別看得起他們，也不特別看不起他們。

反之可能亦然，但不重要。即使左邊是戲台，右邊有啦啦隊選拔比賽，此人堅持得經常自己也使自己頭疼。

一隻獨立清明的筆，寫出五十二個新聞與新聞人的故事，做為還未喪志的人們一路行來的伴唱歌曲。

〔自序〕尋找張季鸞

二〇〇五年十月初，在龍應台客居香港大學面海的沙灣徑宿舍裡，二十幾位分別來自北京、上海、廣州、吉隆坡、香港與台北的老中青三代新聞同業，以華文媒體的未來爲題，閉門盍各言爾志了十幾個小時，疲勞轟炸到讓人戲稱被關在集中營裡也不過如此。

晚上十點多，集中營打烊，曲終人散前，幾位意猶未盡的新舊朋友又聚在陽台上，眺望著黑濛濛的一片大海閒聊，聊兩岸三地傳媒閒話，聊古今傳媒人物，其中聊的人物有一位是余紀忠先生。

巧的是，我去香港前，《明報》副刊的馬家輝請我寫一篇談台灣傳媒現狀的文章，在這篇題爲「舉目不見一個報人」刊登在我「逃離集中營」隔天的文章中，我舉了兩位老報人爲例，其中之一正好就是余先生。這篇文章是這樣寫的：

三年半前，《中國時報》創辦人余紀忠過世後，許多人稱譽他是台灣最後的報人，並且感嘆文人辦報的傳統從此將成絕響。

當時雖曾有人不以為然，認為江山代有報人出，「余」何人也，豈無「後」乎？但從台灣這幾年的報業發展來看，期待另一個報人的誕生，確實就像期待彌賽亞降臨一樣，永遠祇是個夢。

報老闆能被稱為報人，就像 reporter 能被稱為 journalist 一樣，都是角色價值的被肯定。但報人辦報與非報人辦報有什麼不同？簡單說，報人辦報就是文人辦報，是文人以辦報的方式論政，就像張季鸞曾經說過的：「中國報紙原則上是文人論政的機關，不是實業機關，這一點，可以說中國落後，但也可以說是特長……就在於雖按著商業經營，而仍能保持文人論政的本來面目。」

張季鸞當年辦《大公報》是這樣辦，余紀忠辦《中國時報》也是如此。而且這兩家報紙不但都曾執報業之牛耳，有一言而動天下的影響力，更曾大賺其錢，經營上並不輸商人辦報。

但如果從張季鸞提出的不黨、不賣、不私、不盲的「四不主義」來嚴格檢驗的話，余紀忠與張季鸞雖稱得上是報人，但卻並非是完美的報人。

張季鸞雖然終身「人不隸黨」，但他與蔣介石在一九三〇年代中期開始建立的關係，當時就曾被人批評他對蔣政權其實是「小罵大幫忙」，許多人對他的歷史評價也從未忽略這一點。

余紀忠跟蔣經國的關係，不但跟張季鸞與蔣介石的關係十分相像，而且他還做過國民黨的中常委，「中常委報人」這個身分，雖然讓他能同時論政又問政，但這個身分終究是報人之瑕，有損報人本色。

但即使是這樣不完美的報人，放眼台灣當今報業，也是百中無一，求之而不可得。

張季鸞的「四不主義」，曾經是台灣報業追求的最高價值，報紙負責人對這個最高價值，雖不能至但心嚮往之。但現在的報業負責人，卻是黨、賣、私、盲四者俱全，「四不主義」早已被「四全主義」取而代之。

而且，報紙的「文人論政機關」角色日益退化，早已蛻變成為一個不折不扣的

「實業機關」。以前，「好的報紙」、「好的新聞」（good journalism）就等於是「好的生意」（good business），但現在好報紙、好新聞卻成了壞生意的代名詞。

但台灣報紙何以會質變、退化至此？

一個最主要的原因是報紙與讀者的角色錯置。以前，報紙與讀者的關係是「傳媒領導大眾」（the press lead the public），但現在卻是「大眾領導傳媒」（the public lead the press）。過去傳媒決定要提供什麼新聞給讀者，判斷的標準是「什麼新聞你需要知道」（What news you need to know），但現在的標準卻是「什麼新聞你喜歡知道」（What news you like to know）。

尤其是自香港「壹傳媒」集團進駐台灣後，台灣報紙這樣的質變趨勢，更像大江東流一樣，擋也擋不住。

也許有人不喜歡「壹傳媒」，但任何人都不得不承認，「壹傳媒」確實在短短幾年內就改寫了半個多世紀的台灣新聞史，不但改變了傳媒的市場版圖，更重要的是改變了「新聞的定義」。

在「壹傳媒」進入台灣之前，屬於隱私權範圍內的八卦、緋聞、醜聞，並不是不曾在台灣傳媒上出現過，在兩大報主宰台灣報業的時代，《中國時報》與《聯合報》

也曾經多年以爭相報導極盡羶色腥能事的犯罪新聞作為競爭的手段。但依據台灣傳統對新聞的定義，類似今天這樣的「蘋果化新聞」，不但構不成是重要新聞，更上不了報紙的頭版，遑論是頭版頭條。

但現在祇要「壹傳媒」一爆料，台灣大小傳媒無不紛紛跟進，而且無一不是以重要新聞處理，「壹傳媒」儼然成了新聞通訊社，成了其他傳媒的供稿中心，也成了引領新聞風潮的龍頭老大。「蘋果潮」像洪水一樣淹沒了每一間新聞辦公室，每一份報紙聞起來都帶有一點蘋果味。

當所有的傳媒都以「壹傳媒」對新聞的定義作為新聞的定義時，文人辦報、文人論政的傳統當然就戛然而止，所謂的報人角色當然也就不復可見。

張季鸞與余紀忠當年是因為《大公報》與《中國時報》的言論影響力，才逼得蔣介石、毛澤東、周恩來、蔣經國，不得不買他們的帳，不得不對他們以國士之禮待之，甚至不得不授以問政的權力與渠道，對他們進行「軟性的收編」。

文人辦報時代的報人與國家領導人的這種權力關係，雖然在骨子裡仍是不對等的關係，但在形式上起碼還能維持平起平坐的表相。

蔣介石抗戰前有次在南京「勵志社」大宴文武百官與駐外使節的晚宴中，奉「布履長衫的小老頭」張季鸞為主桌上賓，並且公開讚譽他「道德文章，名滿天下」，雖然是惺惺作態，但連「凱撒」也不敢小覷報人，卻由此可見一斑。但現在報老闆與國家領導人的關係，甚至與其他更等而下之的政治人物的關係，卻連形式上的平等都早已蕩然無存。

在國家與市場之間的公民社會裡，傳媒本來應該扮演「不受國家權力控制」也「不被市場規則左右」的主體性角色，但當文人辦報的傳統被商人辦報的現實所取代，當報老闆不以報人自期，也不以追求影響力為辦報的最高價值，既向國家權力屈服，又對市場規則妥協時，這樣的傳媒其實是背叛了它在公民社會中的角色。

舉國盡是政客，舉目不見報人，這是台灣的政治現實，也是台灣的傳媒現實。悲乎？悲矣！

我生也晚，無緣得識張季鸞，但對他的文章他的故事，卻從年輕時就略知一二，用流行語來說，我早就是他的隔代「粉絲」。

張季鸞與蔣介石一九三四年夏天在南京「勵志社」見面時，張是《大公報》總編輯，蔣是國民政府主席，「勵志社」的那場晚宴雖是「中國第一報人」與「中國凱撒」

蜜月期關係的縮影，但在此之前多年，凱撒與報人之間的關係其實猶如寇讎。

在跟胡政之、吳鼎昌於一九二六年接辦《大公報》之前，張季鸞曾做過多年記者，而且一直是個不畏強權的記者。

一九一三年，袁世凱當總統，張季鸞在他工作的《民立報》上揭發袁世凱善後大借款的內幕，震動全國，但張季鸞與他的同事曹成甫當晚就被逮捕入獄。坐了三個月黑牢後，張季鸞因朋友營救而重獲自由，但曹成甫卻已死於獄中。當時張季鸞僅僅二十五歲。

五年後，段祺瑞當國務總理，張季鸞又在他當總編輯的《中華新報》上，披露段祺瑞以膠濟鐵路當抵押向日本祕密借款的內幕。段祺瑞一怒之下，不但查封了《中華新報》，也逮捕了張季鸞，把他關了半個多月後才釋放。

短短五年，兩度對抗國家最高當權者，兩度揭發政府濫權腐敗內幕，兩度被捕入獄，並曾一度面臨差點被袁世凱槍決的命運，張季鸞到底是怎樣的一個記者，可想而知。

一九二六年九月一日誕生的《大公報》，就是張季鸞這種記者性格的投射。但了解歷史的人都知道，一九二六年，其實也是中國新聞史上最黑暗的一年。

當年四月，張作霖揮軍入京，立刻把他恨之入骨的《京報》老闆邵飄萍逮捕。邵飄萍當時有「中國第一記者」之稱，辦報為文一向鐵肩辣手，軍閥，尤其是奉系軍閥，早欲去之而後快。張作霖是以「勾結赤俄，宣傳赤化」的羅織罪名，將他槍決。

當年八月，奉系軍閥張宗昌又逮捕了《社會日報》的老闆林白水。林白水在邵飄萍被殺後，仍然在報上撰文痛斥奉系軍閥是洪水猛獸，張宗昌的智囊更被他形容是「終日懸掛於腿間的腎囊」（腎囊就是今之流行語LP）。張宗昌氣急敗壞，效張大帥前例，也羅織了「通敵」的罪名，將林白水槍決。

但就在風聲鶴唳的這一年，《大公報》登上中國新聞的舞台，而且一登台就是砲火四射。

在創報短短一年內，張季鸞曾寫社評〈跌霸〉，痛罵獨霸一時的軍閥吳佩孚，「不特治軍經國，有舍我其誰之歎；即談詩說易，亦覺並世無耦。困頓經年，略無修省，而傲狠乃過於昔日」，但「綜論吳氏之為人，一言以蔽之，曰有氣力而無知識，今則並力無之，但有氣耳。」

他也曾寫社評〈嗚呼領袖慾之罪惡〉痛斥汪精衛，「以庸才而抱野心，以細人而操大柄」，而且「好為人上」，「一切問題都以適合自己便宜為標準」，「可以舉國家利益、地方治安、人民生命財產，以殉其變化無常目標不定之領袖慾。」

對當時權傾一時的蔣介石，張季鸞的抨擊更是毫不留情。一九二七年在中共黨史裡所謂的「四一二政變」中，蔣介石曾無情剿殺左派人士，事後張季鸞寫了一篇社評〈黨禍〉，形容當時的社會「乖戾之氣，充塞天壤；流血之禍，逼於南北」，他痛批蔣介石對共產黨「愛之則加諸膝，惡之則投諸淵」，「且取締則取締已耳，若滬若粵，皆殺機大開，是等於自養成共產黨而自殺之，無論事實上理由如何，道德上不能免其罪也。」

〈黨禍〉寫完七個月後，蔣介石與宋美齡舉行世紀婚禮隔天，張季鸞又寫社評〈蔣介石之人生觀〉，痛罵老蔣自稱「自今日結婚後，革命工作必有進步」的說法，是「淺陋無識之言」，他甚至用「兵士殉生，將帥談愛」、「纍纍河邊之骨，淒淒夢裡之人」以及「人生不平，至此極矣」這樣的重話，來嘲諷蔣介石美化「革命與婚姻」的關係。

張季鸞罵吳、罵汪、罵蔣的社評，當時即轟動全國，今日讀之仍是痛快淋漓。台灣現在寫社論的人早已百無禁忌，但與張季鸞的「三罵」相比，火候功力高低立判。「三罵」奠定了張季鸞的報人地位，《大公報》當然也靠「三罵」建立了它第一大報的影響力。

任何當凱撒的人，都想拉攏甚至收編最有影響力的第一大報，蔣介石當然不例外。

當時傳說他在辦公室、官邸、餐廳各放一份《大公報》，走到哪看到哪。而且他發通電給全國報館時，開頭第一句也必定是「大公報轉全國各報館鈞鑒」，儼然已視《大公報》爲報業龍頭。至於約見張季鸞「垂詢」國事這種「禮賢下士」的動作，蔣介石更是頻繁爲之，南京「勵志社」那場晚宴，更曾被人以「韓信拜相，全軍皆驚」這樣的比喻來誇張形容。

蔣介石以國士之禮待之，當然會影響到張季鸞一向銳利的「反蔣」筆鋒。再加上他的對日政策主張跟蔣介石若合符節，因此不但《大公報》的社評常給人與政府桴鼓相應的印象，張季鸞也確實偶爾扮演過君王策士的角色。

但即使如此，張季鸞仍然很努力在維持他的獨立報人本色，特別是他對蔣介石處理共產黨與異議知識分子的做法，仍然不敢苟同，依然大力批判。

兩個較具代表性的例子是：

一九三〇年代在國民黨一片「剿共」聲中，張季鸞卻是最早就派記者到「紅區」採訪的報人。雖然當時的新聞檢查制度十分嚴酷，但《大公報》卻敢不聽黨意、不從流俗，從來不以「共匪」稱呼共產黨，而稱其爲「共黨」、「共軍」。遠赴西北邊陲地區採訪的《大公報》記者，更在一系列的新聞報導中，讚美「紅軍紀軍嚴明，百姓擁護」，徹底顛覆了國民黨宣傳機器所塑造的「共產黨是流寇土匪」的刻板印象。毛澤東曾經很感慨地對一位《大公報》記者說：「祇有你們《大公報》拿我們共產黨當人。」

蔣介石對《大公報》的「附匪」言論忍無可忍，有一天終於跟張季鸞面對面攤牌。蔣雖然氣得大發雷霆之怒，但張卻不懼不驚，從頭到尾祇是以不卑不亢的語氣，反覆重申「事實就是如此」，答覆言簡意賅，立場平和嚴正，十足報人風範。凱撒再霸，但又其奈報人何！

第二個例子是一九三六年的「七君子事件」。張季鸞一向尊重知識分子，他在《大公報》開闢的專欄「星期論文」，曾經是當時自由主義知識分子的大本營，左中右各黨各派人士皆在其中寫稿。

因此當沈鈞儒、鄒韜奮、章乃器、史良等七人被國民政府以「危害民國罪」逮捕後，張季鸞的痛心不難想像。這七個人祇不過是組織了一個「全國各界救國聯合會」，發表了一篇〈抗日救國初步政治綱領〉，呼籲各黨各派停止內戰、一致抗日、釋放政治犯以及建立一個統一的抗日政權而已，但國民政府卻羅織了一份罪行完全無中生有的起訴狀，企圖誣陷他們。

當時各家報紙對「七君子」案件都噤若寒蟬，舉國不聞異議之聲。但當張季鸞得知身陷牢獄的「七君子」寫了一份答辯狀，逐條逐項駁斥起訴書中各項羅織的罪狀後，他立即打電話給編輯部值班的同事，要求將答辯狀全文立即發排，隔日刊登，而且不必送審，責任由他自負。

以今觀昔，張季鸞當天的決定似乎平常至極，但在當時「國民黨任意捕人殺人的恐怖統治」政治氣氛中，舉國報人卻唯張季鸞一人有此勇氣。「七君子」日後全被釋放，雖有許多主客觀因素，但張季鸞和他的《大公報》能無愧於報人與媒體角色，卻絕對是關鍵因素之一。

由於《大公報》對共產黨與他們的「同路人」，一向採取既不歧視也不醜化的立場，甚至常有「同情的了解」，因此共產黨領導人也一樣想拉攏收編《大公報》。蔣介石在南京「勵志社」奉張季鸞爲上賓，毛澤東則在延安窯洞宴客時，也曾讓《大公報》記者高居首席。張季鸞病危時，蔣介石多次至醫院探訪，但在他的病榻前，也曾出現周恩來與國民政府衛生部長各坐一側相對無言的「和平」畫面。國共兩黨源出一門，由此亦可見一斑。

張季鸞曾對他的接班人王芸生說過：「祇要不碰蔣先生，任何人都可以罵。」這句話雖然有點老師父叫小徒弟附耳過來交代後事的味道，本來就不想「法傳六耳」，但等到王芸生撰文轉述眾人皆知後，師徒間的這句私語卻成了張季鸞對蔣介石「小罵大幫忙」的注腳。

但相對來說，他對共產黨又何嘗不是如此？否則周恩來何以奉他爲「報界宗師」？毛澤東又何以肯定他「功在國家」？甚至在一九五〇年代末期黨內整肅《大公報》時，仍稱讚張季鸞「搖著鵝毛扇，到處作座上客，這種眼觀六路、耳聽八方，觀察形勢的方法，是當總編輯應該學習的」？

但張季鸞爲什麼能優游於國共兩黨之間，跟兩黨領導人都能保持亦友亦敵的緊張關係？是爲了兩邊押注買保險？是心中毫無定見而投機搖擺？都不是。他之所以如此，原因非常簡單：他是一個自由主義者。

他的「四不主義」其實就是自由主義的具體而微。他曾經形容自己和他的辦報夥伴：「我們這班人，本來自由主義色彩很濃厚的，人不隸黨，報不求人，獨立經營，久成習性」，「中國報人本來以英美式的自由主義爲理想，是自由職業者的一門。其信仰是言論自由，而職業獨立。對政治，貴敢言；對新聞，貴爭快。從消極的說，是反統制，反干涉。」

近年來研究《大公報》歷史的中國大陸學者，也有許多人認爲「《大公報》是西方自由主義思想在中國的一次實踐」，也是「西方新聞制度在中國的一次漫長旅行」，「雖然早期《大公報》三巨頭都是留日的學生，但他們在新聞理念和政治哲學方面，卻是實踐自由主義思想的」，「在中國報業史上，從來還沒有一份民間報紙亮出這麼鮮明的旗幟。」

但張季鸞並不懂複雜的自由主義理論，他祇是一個「簡明版的自由主義者」。在他的字典裡，自由主義的定義很簡單：不黨、不私、不盲、不賣，不求權、不求利、不求名、不畏強權、不溺富貴，政治民主、言論自由、包容異己，如此而已。不論他當記者、寫社論、當報老闆、延攬自由派知識分子寫專欄以及與政治人物打交道，他都是用行動在實踐這麼簡單的一個信念。即使偶爾逾矩，跑到了自由主義的對面「表態」，但就像有位大陸學者所說：「他的態度是歷史的態度，也是現實的態度。」比方說，他在對日抗戰時的「國家中心論」主張，雖曾備受批評，更被共產黨列爲他政治反動的證據，但卻並不足以證明他背叛了自由主義。

更何況，國共兩黨一向視自由主義者「非我族類」，毛澤東更把自由主義者說成是「民主個人主義者」，但張季鸞明知左右皆反自由主義，卻仍然高舉自由主義的大旗辦報，他的信念之強、勇氣之大甚至他的孤傲自負，都是不言可喻。

可惜的是，張季鸞在一九四一年才五十四歲就過世了。如果他能活得更長壽，活到國共內戰，活到江山易主以後，《大公報》的命運會有什麼不同？他會像他的接班人王芸生在一九四九年發表那樣的〈大公報新生宣言〉，表態「向人民陣營來投降」？他會讓《大公報》名存實亡、苟延殘喘到一九六六年才黯然赧然的結局收場？現實的歷史沒有給我們答案，但張季鸞的辦報歷史卻告訴了我們答案是什麼。

中國大陸過去幾年曾一度興起研究《大公報》的熱潮，但形格勢禁如此，熱潮再熱也融化不了森冷的政治框框條條。許多人在喟嘆《大公報》百年滄桑之餘所能或所想發揮的移情作用效應，在現實上其實是極為有限的。中國大陸如此，台灣亦然；但大陸的傳媒是不能，台灣卻是不為。

也許就是因為對台灣媒體的集體不為，或者對「張季鸞精神」如煙一般消失得無影無蹤，有些感慨甚至有些恐慌吧，所以我才轉向美國的媒體，想從美國新聞界的歷史與現實裡，去尋找像張季鸞與《大公報》那樣的記者、那樣的報老闆以及那樣的媒體，目的既是為了替我的沮喪挫折尋求慰藉，也是為了替我的虛無麻木尋找刺激。沒想到這個自私的動機，這段自我治療的旅程，最後卻寫成了一本書。

在《凱撒不愛我》這本書中，我寫了五十二位記者的故事，其中祇有一篇是非美國記者的故事。這些記者幾乎都是自由派，都曾是或仍是有影響力的記者，其中多數更是跟凱撒對抗多年、被凱撒恨之入骨的記者。這些人的名字也許跟張季鸞跟你我有別，但他們的際遇與他們的故事，卻跟張季鸞跟你我並沒有太大的不同，他們能做那樣的記者，我們呢？難道祇能感嘆「豈有豪情似舊時」？祇能任憑「花開花落兩由之」？看完這些故事後，再問問我們自己吧。

這本書獻給余紀忠先生，書出之日我已重回他一手創辦的《中國時報》；也獻給《新新聞》每一位工作夥伴，十八年的革命感情永難忘懷；還要謝謝我兒子澤生，這本書是他一字一句敲打出來的，也記錄了我們父子一段知識性的親情互動。

第一輯

媒體的礦工：調查記者

總統也怕那隻耙子

——史帝芬斯（Lincoln Steffens）

形容史帝芬斯（Lincoln Steffens）是美國「扒糞運動」的開創者之一，就像形容金恩是蒙哥馬利巴士大罷工事件的發起人一樣，雖是事實，但卻窄化了他們的歷史角色。

二十世紀初期是扒糞運動的黃金年代，老羅斯福總統雖然引用《天路歷程》這本書中的「扒糞者」，來詆毀當時那些專挖貪污腐化內幕的記者，但如果沒有像史帝芬斯那樣專門扒糞的記者，老羅斯福的歷史地位很可能會被改寫。

史帝芬斯與老羅斯福是舊識，當年一個是《紐約晚郵》記者，一個是紐約市警察局長。他們都是「進步主義」的信徒，都以改革者自居，「羅局長」之所以能有聞名全國的政績，並進而入主白宮，史帝芬斯絕對是功臣之一。因此，當老羅斯福替他貼上扒糞者的標籤時，史帝芬斯曾告訴他的老友：「你把當年送你進白宮的人都得罪光了。」

扒糞運動與進步主義一樣，都是因「鍍金年代」而出現。鍍金年代雖是快速繁榮的年代，但也是貪污腐敗快速滋生的年代；相對的，也是改革者快速崛起的年代。如果老羅斯福是政治的進步主義的代表性人物，史帝芬斯便是媒體的進步主義的代表性人物。

史帝芬斯被人稱爲「扒糞者之王」。他跟同時代的那些扒糞者一樣，都不想當純粹的記者，都想當「改革的觸媒」、「社會的良心」。他們之中有人專挖石油公司壟斷的內幕，有人專寫大都市貧民區的悲慘生活，史帝芬斯則是專門揭發各級政府貪污腐敗的黑幕。

但扒糞者當年的天堂並不是報紙，而是雜誌。這些每本祇賣十五分的雜誌，跟現在專寫小道消息的八卦雜誌大不相同。調查採訪雖是這些雜誌的賣點，但記者不寫隱私，祇寫公益。而且每個人都有很好的文筆，都標榜寫的是「揭發文學」，許多人後來更成爲知名的作家。史帝芬斯離開《紐約晚郵》後加入的就是當時雜誌的領導品牌《麥克魯爾》。

他在《麥克魯爾》工作那幾年，曾經巡迴全美各地，寫了一系列名爲「城市之恥」的調查採訪報導，挖遍了各郡各市各州的政治醜聞，政黨領袖如何操控地方政治，地方政客如何官商勾結，如何貪污自肥，都在他的筆下一一現形。

扒完了市政府與州政府的糞後，史帝芬斯的耙子伸向了華府的聯邦政府。他發覺白宮與國會也一樣是臭不可聞，「城市之恥」其實祇是「聯邦之恥」的縮影。

他為此專程到白宮去訪問他的老友。他雖然知道老羅斯福個人不會貪污，但他對總統為了攏絡國會議員而不惜授之以利的作法，卻十分不以為然，認為這就是賄賂。老羅斯福雖辯稱這是妥協，但最後也不得不承認，他確實曾經任命過一位參議員情婦的弟弟出任地方檢察官，以換取這位參議員不再刁難白宮的承諾。

史帝芬斯訪問總統的稿子刊登後，老羅斯福把他找進白宮痛罵一頓，白宮幕僚更在旁邊煽風點火，要總統控告史帝芬斯毀謗。但老羅斯福也許念在舊日情誼，祇搖搖頭揮著雙手把他的老友請出白宮。不久後，老羅斯福就在與白宮記者的年度餐會中，發表了他那篇著名的扒糞者演說。

有趣也巧合的是，扒糞運動幾乎與老羅斯福的總統任期相始終。從他的老友離開白宮後，史帝芬斯也淡出了媒體領域，轉而變成了革命的支持者，他同情墨西哥革命，也支持大革命後的列寧。歷史除了記載他是個知名的扒糞者外，也定位他是個知名的左派知識分子。

吃肉時就想到的名字

——辛克萊（Upton Sinclair）

「親愛的同志們，這是一本由無產階級知識分子爲無產階級而寫，即將由無產階級出版社出版，無產階級閱讀的書。」

這幾段話是傑克倫敦替辛克萊（Upton Sinclair）的書《屠場》所寫的宣傳廣告詞，訴求的對象是「全美國廣大的社會主義信徒」。

批評辛克萊的人常引述這幾段話來證明《屠場》不是文學，也不是調查採訪報導，衹是社會主義的文宣。但在美國文學史上《屠場》不但與《黑奴籲天錄》齊名，被票選爲改變歷史的著作之一，也是新聞史上的扒糞經典之一。

在寫《屠場》之前十幾年，辛克萊過的是既沒錢又沒名的潦倒生活。他做過報社的訃聞記者，也曾靠寫笑話、打油詩與「一角小說」賺錢維生，他寫的書更曾創下祇賣掉兩本的最低紀錄。但《屠場》卻改變了一切。

在辛克萊的眼中，二十世紀初期的媒體幾乎都是資本主義媒體，充滿了階級偏見，永遠置私利於公利之上。而且媒體老闆知道他是社會主義信徒時，都對他敬鬼神而遠之，不敢用他，也不敢刊登他的作品，祇有《訴求理性》這份社會主義周報，願意付錢讓他去寫《屠場》這樣的作品。

《屠場》寫的是芝加哥肉品業托拉斯的內幕。辛克萊花了七個禮拜時間，跟屠場工人朝夕相處，一起工作也一起生活。他本來是想描寫屠場中那些新移民「工資奴隸」的血淚辛酸，揭發肉品業老闆剝削勞工的黑幕。

但看完《屠場》系列報導的讀者，卻沒有人為了那些移民勞工掬一把同情之淚，反而是驚駭恐慌「天啊，我從此再也不敢吃肉了！」每個人都擔心吃到患有結核病的病死豬牛，都被他筆下那個血腥、骯髒、惡臭的恐怖屠場嚇壞了。「我本來瞄準的是大眾的心，但結果卻意外擊中了他們的胃。」這是辛克萊的遺憾。

但《屠場》引起的消費者恐慌與抵制，不僅讓肉品業生意一落千丈，老羅斯福更在白宮接見辛克萊後，下令組成一個小組到芝加哥屠場實地調查；國會也制定了「潔淨食物與藥品法」與「肉品檢查法」，聯邦「食物與藥品管理局」也隨後成立。《屠場》改變歷史的影響力可見一斑。

不過辛克萊對這樣的影響力仍有遺憾。他遺憾老羅斯福與國會議員受到肉品業的壓力，制定的祇是兩部沒有牙齒的法案。他也遺憾絕大多數媒體因爲貪圖肉品業的廣告利益，不但醜化他的報導，也不敢再持續挖掘肉品業黑幕。

《屠場》刊登一年後，辛克萊請他的朋友重回現場再做一次調查採訪，結果發現屠場的恐怖比一年前猶有過之。但他跟朋友共同掛名的後續報導，卻沒有一家媒體敢採用，連遠在英國的媒體也因爲害怕被肉品業控告而隻字未登。《屠場》讓他暴享大名，但也讓他成了媒體的拒絕往來戶。

「每當我想完成一件事時，我總覺得自己像頭關在鐵籠子裡的野獸，而報紙就像是籠子的鐵條，橫亙在我與大眾之間。我在籠子裡跳上跳下，一根又一根的試著想扳斷它，但結果卻發現每根鐵條都扳不斷。」由於對媒體的極度失望，辛克萊後來不但寫了一本書把媒體比喻成妓女，也讓他決定棄媒從政，兩度競選加州州長，但也因爲媒體對他負面報導居多，讓他兩度都功敗垂成。

雖然他曾是媒體棄兒，但每當有狂牛病、禽流感或病死豬這樣的新聞爆發時，媒體最常提到的名字卻總是辛克萊；他與他寫的《屠場》，不但是死的歷史見證，也是活的現實佐證。

米娜娃打敗泰坦

——塔貝兒（Ida Minerva Tarbell）

美國新聞史上曾經有一場米娜娃對抗泰坦的神話戰爭。

塔貝兒（Ida Minerva Tarbell）的名字是她母親取的。「愛達」來自但尼生名著《公主》中爭取女權的愛達公主，「米娜娃」則是羅馬神話中的智慧女神。

塔貝兒讀大學時，校園中的女性屈指可數，在她之前祇有十位女性畢業生，她那一屆同學中，她更是唯一的女性。當時的她就像爭取女性受教育權的愛達公主一樣。

離開校園後，她因為崇拜法國大革命的羅蘭夫人，到巴黎流浪了三年。那三年不論在生活上、知識上，她都像個吉普賽人。她雖然一度窮困到靠典當度日，但在索邦大學的旁聽，以及在巴黎知識分子圈中的見聞，卻讓她愈來愈有米娜娃的內在。

她回美國擔任《麥克魯爾》雜誌記者不久後，就爆發了米娜娃與「泰坦」老洛克斐勒的戰爭。這場戰爭曾經被《紐約時報》票選爲二十世紀一百大新聞中的第五大新聞。

二十世紀初期美國企業界有三大天王：老洛克斐勒是石油大王，卡內基是鋼鐵大王，摩根是金融大王。老洛克斐勒的美孚石油公司更是典型的托拉斯，壟斷了石油工業從開採、提煉、運送到貿易的每一個流程。

雖然老洛克斐勒一手壟斷石油工業，但他當時卻被社會公認是最有慈善精神的企業家，也是許多人崇拜的成功者典範。再加上他是總統與國會議員選舉時的大金主，政商關係好到沒有人敢動他一根寒毛。

但在賓州石油區出生長大的「石油之女」塔貝兒，看到的卻是另一面的洛克斐勒。她的父親曾做過獨立石油商，但最後卻被美孚的壟斷逼得連生計都難以維持。因此當《麥克魯爾》老闆指派她對美孚進行調查採訪時，她毫不考慮就接下這份差事。她像米娜娃與復仇女神的合體，毫無畏懼地走上戰場與泰坦對決。

塔貝兒的調查採訪進行了兩年，她看了不計其數的國會聽證與法院審判記錄，也透過馬克吐溫的引介訪問到美孚高層主管，當然她出生之地的左鄰右舍更是她採訪的對象。兩年間，她寫了十九篇以「美孚石油歷史」爲題的系列報導，被公認是新聞史上報導企業醜聞的經典之作。

在她的筆下，老洛克斐勒如何與鐵路公司勾結，以運費折扣優惠美孚；如何以低價消滅併呑獨立油商，然後再哄抬價格壟斷國內外市場等，都一一具體現形。隨著她的報導的刊登，美國民眾的腦海裡逐漸浮現出這樣的一個畫面：凡洛克斐勒走過之處，必然遍布著破產的人們與荒廢的工廠。

老羅斯福總統雖然警告塔貝兒的報導可能引發暴動，老洛克斐勒也威脅要讓《麥克魯爾》破產關門，但因爲美孚壟斷的罪證確鑿，行政、立法與司法三權最後不得不向洛克斐勒開刀。官司最後打到最高法院，九位大法官全票判決美孚違反了反托拉斯法，並下令美孚必須拆解成三十六家小公司。

米娜娃打敗了泰坦，讓塔貝兒成了留名新聞史的人物，按理說她的一生應該成爲女權主義的典範才對；但她反對女性有投票權，反對女性從政，認爲女性是屬於家庭的，政治是屬於男性的場域。在許多女權主義者的眼中，她既是女權的先行者，也是女權的反動派。

幾年前爆發「恩隆案」醜聞時，塔貝兒的名字又被人一再提及。她雖然曾經很遺憾自己沒有像巴爾扎克那樣的才華，寫出一本石油史詩的文學作品，但「米娜娃打敗泰坦」、「墨水打敗石油」的故事，卻像史詩一樣流傳至今。

到國會抓叛國賊

——菲力普斯（David Phillips）

記者的最大挫折是：不管你寫什麼，寫了多少遍多少年，或者寫了幾千幾萬字，結果卻像泥牛入海，不僅無人聞問，也沒改變任何人或任何事。

尤其是跑政治新聞的記者。他們面對的是早已被權力麻痺的政客，那些人自恃是特殊、特權階級，明明是自己犯了錯，卻可以大聲鬼扯詭辯，好像錯的永遠是記者，不是他們。

但菲力普斯（David Phillips）卻是少數的例外。他寫的報導不但被人形容是「媒體大地震」，把政客震得膽戰心驚，更改寫了美國憲法。

在一九一三年以前，美國聯邦參議員並非由人民普選產生，而是由各州的州議會間接選舉產生。但間接選舉的最大弊端，是讓大企業等特殊利益團體有了操縱選舉的機會。

財閥操控選舉的方式很簡單：他們在各州以金錢或其他利益收買州議員，州議員再選出財閥屬意的參議員人選，參議員進入國會後，再透過立法的手段，回饋提拔他們的金主。一個貪瀆腐敗的政商勾結循環系統便這樣形成。

有人就曾經這樣形容上個世紀初期的美國國會：「我們並沒有參議院，我們有的祇是一個替財閥大老闆跑腿當管家的議事廳而已。」

但最腐敗的年代往往也是改革意識最強烈的年代。當赫斯特（William Hearst）剛買下《柯夢波丹》這本雜誌時，有人建議他可以報導像國會腐敗這樣的題材。赫斯特自己是眾議員，他對國會的墮落當然知之甚詳，因此便將這項採訪任務交給了菲力普斯。

菲力普斯既是知名記者，也是知名小說家，他寫的作品本來就以挖掘政治腐化的題材居多，赫斯特要他挖國會的黑幕，對他是易如反掌。不久後，一個以「參議院叛國」爲主題的系列調查報導就出現在改版後的《柯夢波丹》上，而且連續刊登了幾期，讓美國政壇地震了好幾個月。

爲什麼要用「叛國」這麼強烈的字眼來形容參議院的腐化？菲力普斯的理由是：替財閥違法牟利的參議員不僅背叛了大眾，他們的危險程度與危害程度更遠甚於入侵美國的敵軍，罪行不僅與叛國無異，甚至猶有過之。

在一系列的報導中，菲力普斯以無數實例來證明參議員如何以操控立法的手段來圖利金主，以及如何違法濫權收受大企業的賄賂。被他點名批判的參議員不僅包括民主、共和兩黨，而且他每篇報導都指名道姓，完全排除間接影射的報導手法。其中被他指控是「叛國頭子」的參議員奧德瑞奇，不僅圖利他的姻親洛克斐勒家族，更一手掌控參眾兩院的利益分配大權前後長達二十多年。

可以想見的結果是，被菲力普斯指控的參議員個個否認有貪瀆罪行，連老羅斯福總統也公開譴責菲力普斯誇大不實。但反貪、反腐、反大企業當時已是媒體的主流價值，其他媒體繼菲力普斯之後紛紛跟進，參議院之臭不僅臭到舉國皆知，也臭到國會不得不改革自清的地步。

一九一三年，「參議院叛國」刊登後六年，在改革派國會議員的聯手推動下，參眾兩院終於通過了憲法第十七條修正案，將參議員的選舉權由州議會交還到人民的手中，洗刷了「參議員非由人民選出，而是由利益團體選出」的歷史惡名。

菲力普斯雖然早在修憲案通過前兩年，就因爲一篇小說被人誤以爲影射而遭槍殺，但在美國憲政史上，他的名字卻永遠跟第十七條修正案緊密相連。新聞報導改變了政治，而且改寫了憲法，這是多少記者求之一生而不可得的榮耀，菲力普斯雖死猶生。

茶壺頂上的犬儒

——安德森（Paul Anderson）

華府是政客的城市，也是記者的城市。但政客在華府待得再久，也不可能變得像記者；記者在華府待久了，卻有可能變得像政客。

尤其是跑白宮與國會的記者，長期受政客耳濡目染，很容易就忘了記者本色，甚至近墨者黑，變成所謂的「新聞政客」。

記者一旦變成「新聞政客」，不但會失去獨立性，也會失去衝勁、警覺性與好奇心。而且因爲久居鮑魚之肆，再臭的醜聞也聞不到，再大的新聞也會從眼前溜過。

就像水門醜聞是由兩位菜鳥記者跑出來的一樣，一九二〇年代初期的「茶壺頂醜聞」

也是由一位剛到華府不久的記者挖掘出來的。

懷俄明州有一處油田的地形有如茶壺圓頂，「茶壺頂」油田跟加州的「麋鹿坡」油田，本來都是海軍部管轄的保留地，屬於公有土地。

但哈定總統的內政部長佛爾，卻說服總統把兩處油田的管轄權，由海軍部移轉給內政部。佛爾拿到管轄權後，未經公開競標，很快就將油田承租給兩家石油商。而油商回饋佛爾的，則是三十多萬美元賄款。

由於有油商向國會控訴，油田承租未辦理公開競標，並且檢舉佛爾突然變得像暴發戶，花費鉅資擴建他的牧場，參院公有土地委員會因此決定展開調查。

《華爾街日報》雖然首先報導了調查行動，但並無後續採訪，其他報紙也沒人跟進。但剛到華府的安德森（Paul Anderson）卻嗅出了空氣中不尋常的臭味。

安德森本來在普立茲辦的《聖路易郵電報》當記者，但因爲報社屢次拒絕他請調華府的要求，灰心之餘，他決定辭職改當自由投稿記者，隻身到華府闖天下。

在《郵電報》時，安德森是屬於街頭型的記者，但他初到華府時，卻發覺此地記者人人衣冠楚楚，言行舉止也與政客一般無二，油田臭氣明明瀰漫華府上空，但各報記者卻聞而不覺其臭。

參院展開調查初期，出席議員經常祇有寥寥幾人，記者也譏評委員會主席華許參議員在作秀，形容他是醜聞販子，指控他對閣員進行人格謀殺。大眾也因受報紙影響，批評華許的行徑與布爾雪維克無異。被調查的閣員當然更是百般喊冤。

但安德森卻不隨波逐流，他雖是單幹戶，但仍拚命追查線索，並且跟華許互通有無。他挖掘出來的內幕逐篇在《國家雜誌》、《新共和雜誌》以及《紐約世界報》刊登，「茶壺頂」與「麋鹿坡」上的糞坑，被他愈挖愈大也愈臭。

挖到最後，安德森竟然在哈定政府裡挖出了一個「俄亥俄幫」，這個幫的老大是哈定的司法部長，成員包括內政部長、海軍部長、退伍軍人局局長等人。這些閣員互相勾結，儼然就是一個「貪污受賄共同體」。

因爲安德森的持續報導，華許的擴大調查，最後造成了司法部、海軍部與內政部三個部長辭職下台，兩名部長幕僚畏罪自殺，佛爾也創紀錄成爲第一位在任內坐牢的閣員。

安德森因報導茶壺頂醜聞拿了普立茲獎，《郵電報》也重聘他當華府記者，他在華府可謂一戰成名。但幾年後，因爲他成了小羅斯福新政的忠誠支持者，他的批判銳氣減弱了，也很少再揭發政治內幕，他甚至懷疑自己過去所做的調查採訪的價值。

安德森雖然沒有變成「新聞政客」，但他卻變成了一個「新聞犬儒主義者」，虛無看待一切，酗酒日復一日，報社不得不開除他，他自覺已成爲無用之人，最後選擇了仰藥自殺。才四十五歲，就結束了他「華府最後一個扒糞記者」的短暫生命。

如果媒體沉默不語

——古斯曼（Ed Guthman）

喝咖啡的人都知道西雅圖是星巴克的發源地，但很少人知道西雅圖也曾是白色恐怖的發源地。

一九四六年，二戰結束後第一年，華盛頓州選出了一位新進州議員康威爾，他跟同年當選的新進聯邦眾議員尼克森與參議員麥卡錫一樣，都是靠反共起家。

康威爾雖是議會新人，但野心勃勃，他串連其他州議員，比照聯邦眾議院「非美活動委員會」模式，在州議會也成立了一個調查非美活動的委員會。

這個委員會雖然先以當地工會爲目標，但康威爾舞劍，志在華盛頓大學。工會調查結束後，他立即傳喚了十一位有共黨嫌疑的教授，但多數教授不是否認，就是行使緘默權。

其中有一位教授叫雷德，在哲學系教美學，他被一位自稱是共產黨的希維特指控，曾經在一九三八年暑假參加過紐約一所共產黨學校的訓練營。

雷德雖然辯稱他一生從未去過紐約，也找出各項證據，證明他在三八年暑假時在學校教暑期班，到西雅圖郊外渡假，在圖書館借過書，看過眼科醫師，也曾投過票，根本不可能到紐約接受訓練。

但委員會經過聽證調查，仍然確信證人對他的指控。康威爾甚至說他早在二〇年代就被一位女性共產黨吸收，並且暗示他們兩人有不尋常關係。

因爲在被傳喚的十一位教授中，有三人已被大學解聘，另外三人留校察看，雷德爲了自保，被迫控告希維特作僞證。但華盛頓州檢察官雖然多次提出引渡希維特的要求，卻被反共的紐約法官百般阻撓。

就在雷德走投無路時，《西雅圖時報》記者古斯曼（Ed Guthman）適時伸出援手。

古斯曼本來不是跑州議會的記者，但他的總編輯卻交代他任務：「司法已經崩潰，現在輪到我們去找出眞相了。」他花了五個月時間，逐一查證雷德曾經提出的各項證據，結果不但證實雷德所言屬實，更發現康威爾故意隱藏證據，例如雷德全家在三八年暑假時渡假一個多月的住宿登記簿，康威爾就從未公開。

古斯曼不但把他的調查發現寫成報導，並且安排雷德、康威爾與華盛頓大學校長三方會談。會談中，他出示了五個多月蒐集的各項書面證據，以及圖書館館員、眼科醫師與渡假屋管家等人接受他採訪時的證詞。

華盛頓大學校長看完古斯曼出示的證據後，立即公開發表聲明，證明雷德的清白。雷德保住了教職，古斯曼也因爲這項採訪，隔年得到普立茲獎，全國各大媒體更紛紛轉載引述他的報導，讓他一夕成名。

康威爾則從此身敗名裂，後來不管他參加什麼選舉，結果一律落選。華盛頓大學因爲懾於政治壓力，藉反共之名而開了解聘教授的惡例，學術地位一度一落千丈。雷德雖在八〇年代初過世，但他生前著作等身，台灣也有他寫的哲學書譯本。

古斯曼一度從政，當過羅伯甘迺迪的親信，後來重回媒體，做過《洛杉磯時報》的國內新聞主編、《費城詢問報》的總編輯，目前仍在南加大當資深講座教授。

五〇年代前後，政客靠反共成名，媒體靠反共賺錢；政客囂狂，媒體沉默，愛因斯坦因此形容那是一個「痛苦的年代」。雷德也形容他當年受苦十五個月的遭遇，有如掉進了愛麗絲夢遊的仙境，眞的變成假的，對的變成錯的，一切都顚倒過來。

但所幸在痛苦的年代中，還有像《西雅圖時報》那樣不甘沉默的媒體，像古斯曼那樣不甘沉默的記者。如果所有的媒體都沉默不語，像雷德那樣的冤假錯案將永無平反之日。

荒涼年代的獨立記者
——庫克（Fred Cook）

一九五〇與六〇年代美國的《國家》雜誌，就像七〇與八〇年代台灣的黨外雜誌一樣，扮演的都是「體制外良心」的角色。

當年替黨外雜誌寫稿的人，很多都是報社記者，他們在報紙上不能寫的題材，報紙不敢用的稿子，黨外雜誌都照單全收。麥克威廉斯（Carey McWilliams）當總編輯時的《國家》雜誌也是如此。

冷戰初期是美國新聞史的「荒涼年代」，在「紅色威脅」的政治氣氛下，報紙上很少有挖掘內幕的深度調查採訪，也少有批評政治禁忌的文章。記者有話無處說，有義憤無處發，《國家》因此便成了他們的疏洪道。當時在《世界電信與太陽報》工作的庫克（Fred Cook），就是麥克威廉斯找來的最佳「外部寫手」。

庫克雖然是個自由派，但因爲《國家》當時被定位是共黨同路人的媒體，他一度曾猶豫不敢替麥克威廉斯寫稿。但「希斯案」卻改變了他的想法，也改變了他的一生。

希斯（Alger Hiss）當時是卡內基基金會的總裁，他曾經是國務院的紅人，當過羅斯福總統參加雅爾達會議的顧問，也是創立聯合國的原始推手之一。但四〇年代末期，他卻被《時代》周刊的編輯錢伯斯指控是共產黨，並當過蘇聯間諜。

錢伯斯在眾議院「非美活動委員會」作證時，拿出一大堆機密文件，以及幾卷藏在萬聖節挖空南瓜裡的微縮影片，指稱這些證物都是希斯在三〇年代透過他轉交給蘇聯的情報。

「非美活動委員會」在麥卡錫搞白色恐怖之前，一向是右翼政客整肅左派的工具，當時主持「希斯案」聽證的是新進眾議員尼克森，他爲了打響全國知名度，對「希斯案」窮追猛打了幾年。但希斯最後卻被法院以僞證罪而非間諜罪判刑五年。

當時主流媒體對這件轟動世界的間諜案，幾乎一面倒站在右派政客的立場，聽不到質疑批判的聲音。直到《國家》雜誌在希斯出獄後出了一本專輯，「非美活動委員會」

當年的角色才受到輿論的批判。

替《國家》這本專輯執筆的人就是庫克。庫克本來也像其他人一樣相信希斯有罪，但等他看完麥克威廉斯拿給他包括國會聽證與法院審訊紀錄在內的所有資料後，卻質疑希斯是被右翼政客與FBI聯手羅織入罪。在他寫的〈打字機的鬼魂〉這篇報導中，他更調侃FBI用一台假造的打字機來當證明希斯有罪的證據。

一直到最近幾年，因為「非美活動委員會」當年的資料全都解密公開，還有人根據庫克當年那篇報導，寫書探討「希斯案」的眞僞，並證實庫克當年的質疑是對的。

庫克的這篇報導讓他一炮而紅，卻得罪了報老闆。他離開報社後，以自由記者的身分替《國家》寫了十幾年的稿，不斷挖掘CIA顚覆外國政府與FBI侵害民權的內幕，長期批判右翼政客的惡行，他也是最早揭發「軍商複合體」勾結眞相的記者。更有趣的是，許多體制內的記者也學他扮演體制外自由記者的角色，新聞史上出現最多自由投稿記者就是在那個年代。

尼克森因「希斯案」成了全國知名的政治人物，雷根也因此案而改當共和黨員，一件間諜案日後竟培養出兩位總統。但「希斯案」更重要的歷史意義是，它證明了獨立媒體與獨立記者在民主政治中，確實是不可或缺的角色，如果沒有《國家》，如果沒有庫克，調查採訪的香火很可能中斷，冷戰初期的新聞史不但將是令人羞愧的一頁歷史，七〇年代調查採訪的黃金年代也不會那麼快就來臨。

祇要記住一句話

——史東（I. F. Stone）

《哥倫比亞新聞評論》曾經詢問許多位美國知名記者：誰是他們學習的典範？多數人的答案都是已過世十幾年的史東（I. F. Stone）。

史東雖然在幾家主流報紙工作過，但他的影響力以及他在新聞史上的地位，卻是因為他在年近半百時創辦的一人媒體《史東周報》而奠定。

在麥卡錫主義席捲全美舉國噤聲的一九五〇年代，史東是跳出來公開批判麥卡錫的第一人。在越戰逐漸昇高，媒體與國會唯總統之命是從的一九六〇年代，史東也是唯一能舉證歷歷，指控政府炮製「東京灣事件」謊言的人。

他曾經面對著滿座聽他演講的新聞系學生說：「如果你們想當記者，你們祇要記住一句話：所有的政府都說謊。」這句話早已成了每個記者的座右銘。

史東是典型的獨行俠，他不跟政客打交道，也從不參加他稱爲是洗腦的記者會。他辦周報十九年，雖然每期祇有薄薄四頁，卻常有許多獨家新聞。但他的消息來源不是人，而是其他人棄之不顧的檔案資料。

「先讀再寫」，這是史東的獨門方法論。他每天至少要讀十份報紙，從一版頭條到不起眼的報屁股新聞，他都仔細閱讀。他有許多獨家就是從報屁股新聞中找到的。

他最喜歡講的一個故事是：《紐約時報》有一天在頭版刊登了一條核彈地下試爆的新聞，其中有包括氫彈之父泰勒在內的許多科學家都指稱，試爆在兩百英里以外就偵測不到。

但史東卻在報紙的地方版上，看到另一則多倫多偵測到地下試爆的小新聞。於是他出門把當天所有報紙都買回來，結果發現東京、羅馬也有相同的消息。隔幾天他去政府地質部門查資料，又發現連遠在內華達兩千多英里外的阿拉斯加都偵測到試爆。他的調查發現最後逼得原子能總署公開承認說謊。

然而，他的獨家最多還是來自官方的文件檔案。他雖然幾近半盲，但他每天帶著像可樂瓶一樣厚的眼鏡大量閱讀官方文件，政府新聞稿、國會聽證紀錄以及五角大廈解密檔案，祇要能拿到的資料，他都一頁一行仔細讀完。

北越炮擊美軍艦艇的「東京灣事件」謊言；五角大廈浪費納稅人的錢，去買一個價格數百美元的咖啡杯；白宮公開宣布停火三天，但卻暗中加強運送戰備武器到西貢機場等獨家新聞，都是他比對官方文件後所發現。

他用政府自己的文件，去尋找政府說謊與犯法的證據。他說每條路線的記者都應該是調查記者，記者也許找不到眞相，但「事實是最大的顚覆」，調查事實並且報導事實就足以讓政客喪膽。

史東並未讀完大學，但他卻是有思想的記者。他自稱是「傑佛遜式的馬克思主義者」，別人稱他是新左派的祖師爺，六〇年代的學運領袖也奉他爲精神導師。他在七十歲時突發奇想，開始苦讀古希臘文，結果花了十年時間寫出了一本《蘇格拉底的審判》，成爲學術經典。

他雖然同情蘇聯，但他卻批評蘇聯不是一個人民向政客吐口水卻能安然無恙的國家。他雖然一向跟政府唱反調，但他卻支持刺甘案的「華倫報告」，甚至不惜得罪了他的好友大哲學家羅素。別人唯立場是問，他卻祇問是非。

史東過世前曾經想找一個接棒人，但他的《史東周報》卻成絕響。有趣的是，許多人卻稱他是網路「部落格」的始祖，他撒下的一人媒體的種子，正在網路上開枝散葉，這是他作夢也想不到的結果。

別在床上看他的書
——赫伯斯坦（David Halberstam）

哈佛大學剛畢業，赫伯斯坦（David Halberstam）就迫不及待開著老爺車帶著他全部家當，直奔有「南方腹地之腹地」稱呼的密西西比州。

他南下的前一年，一九五四年，最高法院才通過「布朗 vs.教育委員會」案，判決公立學校禁止黑人與白人小孩同校的法律違憲。年輕的赫伯斯坦想見證這項歷史性判決的實踐，因此他選擇了密西西比，一個種族衝突最嚴重的南方州。

但他的第一個老闆不巧正是一個種族主義者，看不慣他既熱情又純眞的自由派作風，一年後不得不請他走路。雖然第一個工作就不幸被人開除，但赫伯斯坦的第二個選擇，納許維爾的《田納西人報》，卻成了他一生的轉捩點。

他在這份前任副總統高爾也曾工作過的報紙，不但認識了像湯姆威克（做過《紐約時報》副總編輯）這樣的前輩，學了一身採訪本領，也終於目睹到在當地發生的一場波瀾壯闊的民權運動。

四十年後，他重回納許維爾，訪問了當年參加餐廳靜坐、臥軌和平示威的所有當事人，寫了一本六〇年代民權運動史的經典《孩子們》。他筆下的那些孩子們，其中有後來當眾議員的約翰路易士，以及當過華府市長後來卻鬧吸毒醜聞的馬里昂派瑞。

赫伯斯坦發跡在田納西，成名卻在越南。他被《紐約時報》挖角後，先外放剛果，再派到西貢（今胡志明市）。當時《華盛頓郵報》還是地方小報，《華爾街日報》影響力也有限，因此《紐約時報》的越戰新聞，既是媒體主流，也是眾矢之的。

甘迺迪雖然自稱他從赫伯斯坦新聞中得到的資訊，比他從五角大廈得到的還多，但他對這個哈佛學弟的反戰論調卻恨之入骨，一度還請《時報》將他調離西貢，但發行人老舒茲伯格卻力挺他的記者。

五〇年代的田納西經驗，讓赫伯斯坦在九〇年代寫了一本經典；六〇年代的越戰經驗，也讓他在七〇年代寫了一本越戰史的經典《菁英中的菁英》。在這本被人譽爲「美國帝國史上的《伊里亞德》」的書中，赫伯斯坦告訴世人：爲什麼現代的亞瑟王和他那群出類拔萃的圓桌武士，竟然會捲入戰爭而不可自拔。

寫完這本書後，赫伯斯坦又寫了一本新聞史的經典《權力所在》，探討政治／媒體／企業的關係。但從此以後，他的寫作興趣不再侷限於政治，他的身分也從記者變成了作家、歷史學家。

但不管寫什麼題材，赫伯斯坦始終不改記者本色。他常常花四、五年時間，面對面採訪一、兩百人後，才完成一本書。而且他寫的書動輒六、七百頁，如果題材不對、文筆不好，很可能變成書架上的磚頭，乏人問津。但幸運的是，不管他寫什麼，幾乎都是暢銷書。

尤其是他近二十年來以運動爲主題寫的幾本書，每本都好看得像小說一樣。而且赫伯斯坦是個超級棒球迷，他雖然長住紐約，但波士頓是他求學之地，所以他寫的運動書當中有關洋基隊與紅襪隊的書最多。

《四九年夏天》寫的是收音機時代洋基隊與紅襪隊最後一場爭霸戰。《一九六四年十月》寫的是聖路易紅雀隊與洋基隊打世界大賽的故事。《隊友》寫的是紅襪隊四位老戰友長達六十年的友誼。二〇〇四年十月紅襪打敗洋基並與紅雀爭霸這個爆炸性新聞，說不定又激發了他寫另一本書的靈感。

愛看美國棒球的人也許可以把赫伯斯坦這幾本書找來看看，但看電視可以躺在床上看，看他的書卻絕不能如此，哪有人在床上還捧著磚頭的！

天下第一筆
——赫許（Seymour Hersh）

二〇〇四年五月五日，紐約華爾道夫大飯店內，前來參加國家雜誌獎頒獎晚宴的媒體名流雲集，唯獨獲得公共利益獎的赫許（Seymour Hersh）不見蹤影。記者打電話問他爲何缺席？他祇講了一句話：「我在忙著截稿。」就掛斷電話。赫許當天正忙著替《紐約客》雜誌趕寫美軍在伊拉克虐囚醜聞的文章。

三十幾年前，默默無聞的赫許寫了一篇美軍在越南美萊村屠殺三百多名無辜老弱婦孺的報導，震驚全球。這篇報導讓他贏得了普立茲獎。年近七十的赫許，又因是第一個揭發美軍虐囚醜聞的文字記者，再度成爲全球矚目的人物。

赫許三十多年來有太多驚世代表作。一九七○年代，他揭發CIA濫權在國內搞非法監聽；季辛吉密謀暗殺智利總統阿葉德。八○年代，他揭發蘇聯誤擊侵入領空的韓航客機內幕。九○年代，他揭發以色列發展核武的祕密。本世紀初，他揭發美軍將領在第一次波灣戰爭結束後仍濫殺伊拉克士兵。這幾篇調查報導，每篇都是獨家，每篇都驚動天下。可以這樣說：地球上凡有山姆大叔濫權之所在，就可以看到赫許的巨大身影。

像他這樣的記者被人恨之入骨乃是必然。小布希罵他是說謊者；五角大廈的軍頭形容他是恐怖分子。但謗之所至譽亦隨之，讚美他的人說他是媒體的威而剛、藍波、最精準的投彈者。許多人介紹他都會在他名字前面加上「傳奇的」這個形容詞。說他是全美甚至全世界調查記者的第一把交椅絕不爲過。

赫許能坐上第一把交椅憑的是扎實的笨功夫。他說他是調查記者，不是醜聞記者。醜聞記者是靠別人別有動機的洩密，但調查記者卻像礦工要一塊一塊辛苦挖掘。他有一本名冊，裡面有幾千個人名電話，這些人脈就是他的礦脈。爲了寫季辛吉濫權的《權力的代價》這本書，赫許花了四年時間，訪問了一千多人。調查採訪美軍將領濫殺伊拉克士兵，他花了六個月時間，訪問了三百多人。

而且赫許是個獨行俠。當別的記者把時間花在官方記者會時，他可能正在密會某個現任或前任的官員。他瞧不起記者質問官員時祇敢投軟球，他形容官方記者會就像傀儡戲。他在報導中大量引用匿名消息來源，雖然引人爭議；但他是最能取得也最擅長運用官方文件的記者。虐囚醜聞的揭發就是根據一份他獨家取得的五角大廈祕件。

赫許是個自由派，但他並不是意識形態掛帥的記者。任何黨執政都恨他。在芝加哥大學讀歷史時，他雖然每天打橋牌、玩拼字遊戲鬼混，但他愛讀沙林傑與史坦貝克的小說。當記者後，調查記者的祖師爺史東是他的偶像。這些學習背景讓他對集權濫權、不公不義，從骨子裡就充滿了憤怒的火氣。他揭發季辛吉濫權眞面目時曾說：「對這些傢伙，我們絕不能仁慈。」現在他對五角大廈的虐囚醜聞也是如此。

大概沒有記者像赫許一樣，雖然被政府痛恨了三十多年，卻仍長期擁有「一文而動天下」可以決定國家議程的影響力。但赫許揭發的許多醜聞，都是他以自由投稿記者的「單幹戶」角色所完成。其他調查記者，例如靠水門醜聞起家的伍華德，或許也有可跟赫許匹敵的影響力，但卻沒有像他那樣以一人敵一報甚至一國的能力。

當然，伍華德的故事又是另一個傳奇。

大家都在等他電話
——伍華德（Bob Woodward）

看過章詒和寫的《往事並不如煙》吧？書寫得極好，但許多人卻納悶：她的記憶怎麼那麼好，四、五十年前的事記得一清二楚，連人物的對話也可以那麼傳神地直接引述？伍華德（Bob Woodward）寫的報導或書，也常常被人這樣質疑。

一九七二年因報導水門醜聞而把尼克森拉下台後，伍華德一直是《華盛頓郵報》的王牌調查記者。他寫文章有一個特色：擅於重建現場。場景，他寫得像電影劇本。對話，他也直接引述。在他的新書《攻擊計畫》中，小布希與第一夫人在白宮臥室內的對話；國安會顧問萊斯與總統在手機上的對話；副總統錢尼在家裡宴客時餐桌上的對話；

他都直接引述。連副國務卿阿米塔吉臭罵白宮幕僚「叫他們去幹自己」這樣的粗話，他也照引不誤。

伍華德的這種寫作風格是根據他自創的一套方法論。這套方法論有點像一九六〇年代湯姆伍爾夫與諾曼梅勒所創的「新新聞學」。記者對每一個細節，即使再瑣細，也不能忽略放過。描寫得愈細就愈生動也愈眞實，這就是「伍派」方法論的精髓。

但在講究客觀傳統的美國媒體，伍華德的方法論難免被有些人視爲異端。讚美他的人說他像吸塵器，批評他的人卻說他寫的都是泡沫。肯定他的人說他在替當代史寫初稿，否定他的人卻說他寫的每篇作品都該掛上「有待整理」的牌子。

而且，伍華德是「反分析」的記者。他寫的東西沒有批判、沒有分析甚至也沒有觀點。他衹是寫故事，寫權力的故事，寫有權力的人做決策的故事。杜魯門總統的女兒瑪格麗特寫過一系列以首都政府機構爲名的謀殺小說，伍華德寫的十幾本書也涵蓋了白宮、國務院、中情局、五角大廈、最高法院等官場的權力鬥爭內幕。他的作品讀起來就像引人入勝的政治偵探小說。

伍華德也被公認是最有上層關係的記者。採訪水門醜聞時，他衹是一個才跑新聞九個月的菜鳥，人脈關係幾近於零。但現在他衹要一通電話，每個人都會等他大駕光臨。

他寫奎爾時，這位前任副總統接受他二十多次訪問。寫《攻擊計畫》時，小布希在白宮受訪猶嫌不足，還請他到德州牧場續訪。總統甚至下令所有首長，不得拒絕伍華德的訪問。

但伍華德如此接近權力，卻被人諷刺他是全世界知名度最高的速記員。說他已成了總統人馬、權力中人，寫報導寫的是權力觀點，寫總統像在寫聖徒傳。更嚴重的是，在「接近權力」與「新聞報導」之間，一定會有自覺或不自覺的利益交換存在。因此近幾年伍華德每出一本新書，美國媒體就會檢討一次所謂的「管道新聞學」的弊端。但伍華德卻說：我是記者，我尋找故事，我告訴人香腸是怎麼製造出來的。如此而已。

在華府喬治城的眾多豪宅中，其中有一幢是伍華德的住家。一個記者能同時集最知名、最有影響力與最有錢於一身，甚至被人說「華府是伍華德的地盤，總統祇是暫住的過客而已。」伍華德理應了無遺憾才對。但三十多年前的菜鳥能隻手扳倒一位總統，菜鳥變名流後，是幸也是不幸，卻成了傾聽政客吐露私密的神父與心理醫師。許多人感嘆，如果打伊拉克戰爭的決策內幕換了是「菜鳥伍華德」來採訪，結果一定大不相同。但現在白宮即使還有再多暗藏的水門，「名流伍華德」大概也不得其門而入吧。

最佳拍檔三十年

——巴奈（Donald Barlett）與史帝爾（James Steele）

就像電影裡的警察搭檔一樣，巴奈（Donald Barlett）與史帝爾（James Steele）也是生死與共的一對記者搭檔。

七〇年代初期，巴奈與史帝爾同一天進《費城詢問報》，很快就變成搭檔，二十七年後，兩人又一起轉進《時代周刊》至今。美國新聞史上雖然不乏二人組搭檔，但搭檔的時間長達三十多年，而且從未中斷，卻絕對前無古人，也很難後有來者。

「巴史二人組」的另一項紀錄是：他們是唯一獲得兩次普立茲獎與一次國家雜誌獎的記者。

跟其他調查記者不同的是，別人專挖政客個人的濫權醜聞，但他們卻專挖政府公共政策的弊端。別人是靠未公開的內幕消息跑新聞，他們卻是靠已公開的文件檔案挖內幕。

爲了調查費城司法系統不當起訴與不當判決重大犯罪案件的弊端，他們調閱了一萬多件案子，看了兩萬多頁文件，最後選了一千多個案例做分析報導。這項調查採訪前後花了他們七個月的時間，而且也是新聞史上最早使用電腦作爲分析工具的一項代表作。

爲了調查核廢料處理的弊端，他們跑了兩萬英里到各地做現場採訪，也看了十二萬多頁的檔案文件。

爲了調查聯邦稅務局縱容有錢人逃漏稅的弊端，他們調閱了兩萬多件聯邦稅務申訴案件，看了三萬多頁的法院庭訊紀錄。這項採訪讓他們獲得了第一座普立茲獎。

他們拿的第二座普立茲獎，雖然與第一座相隔十五年，但主題仍然是稅制改革政策獨厚特殊利益個人與團體的弊端。這項採訪花了他們十五個月的時間，更不可思議的是，他們爲了這項調查竟然做了長達七十年的個人所得稅的數據分析。

爲了調查跨國石油公司操控石油危機的弊端，他們向證管會調閱了石油公司的年度財務報告，而且一看就看了連續十年的財務報告。

爲了調查金援外國的弊端，他們不但看完了國務院提供的堆積如山的檔案，而且飛到秘魯、哥倫比亞、泰國與南韓等接受援助的國家做實地採訪，結果發現援外經費絕大部分落入了當地國有錢人的口袋，平民百姓很少受惠。

爲了寫《美國：哪裡出了差錯？》這篇報導，他們花了兩年時間，看了十萬多頁文件，結果證明華府的政客與華爾街的財閥，聯手在許多公共政策上出賣了中下階層的老百姓。

這幾年他們調查健保危機與移民危機的弊端，採用的也是同樣一套方法論。結果發現每年大約有兩百多萬非法移民從邊境偷渡，美國門戶大開的情形比九一一前還要嚴重。也發現美國國力雖然全球第一，但健保政策卻像第三世界，有一億左右的民眾沒有受到適當的健保照顧，美國人雖然平均花了三倍於日本人的健保費用，但平均壽命卻比日本人要短。

「巴史二人組」不但被人稱爲是調查新聞的最佳拍檔，他們寫的報導也被視爲「解釋性調查報導」的範本。再加上他們的報導，每篇都有數據、有分析、有圖表，甚至還有具體的政策建議，因此也有人以「專家新聞」這個名詞來讚美他們開創了調查採訪的一個新典範。

「公開的資料是個寶藏，你祇要知道它們在哪裡以及如何去挖掘」，「不管你已經知道多少，永遠有更多東西等你去發現」，「我們永遠在尋找本來不知道在哪裡存在的檔案，並且去尋找本來不曾預期會發現的答案」。這就是「巴史二人組」的採訪方法論，雖然卑之無甚高論，卻是他們闖蕩江湖三十多年的祕訣，而且是必勝的祕訣。

邁阿密風雲

——沙維奇（Jim Savage）

一九七二年，蓋瑞哈特負責麥高文競選總統的選務時，他把德州的組織工作交給他的耶魯學弟，當時他絕沒料到這個叫比爾柯林頓的小學弟，竟然會在二十年後以「新民主黨」的口號當上美國總統。

「新民主黨」本來是一九八七年哈特競選總統時的口號，當時大多數人都看好他會入主白宮，但《邁阿密前鋒報》的一條新聞卻讓他的總統夢化爲泡影。

哈特被人形容是另一個甘迺迪，但他跟小甘一樣也是緋聞纏身，不過傳言卻始終不曾影響他進軍白宮的聲勢。直到一通打到《前鋒報》的匿名電話，爆料指稱哈特與他的女友將在華府共度周末，他的聲勢才急轉直下。

雖然匿名電話提供的資料有限，但《前鋒報》調查新聞主編沙維奇（Jim Savage）卻主張不妨一試。他派了一位記者趕去華府到哈特住處監視，沒想到運氣竟然那麼好，當晚就發現哈特與一位女性由外歸來，而且徹夜未曾離開。

碰到這種百年難得一見的大獨家，沙維奇決定親赴現場，隔天就搭最早的班機從邁阿密趕到華府，五位《前鋒報》記者像狗仔隊一樣在哈特住家四周守候。當晚哈特與女友又步出家門，但才走了幾步路就匆匆轉回。幾分鐘後哈特再度單獨出門，沙維奇知道他已經發現被人監視，當即決定立刻下車在路口堵住哈特進行採訪。

雖然哈特否認一切，但隔天《前鋒報》頭版卻以斗大的標題「邁阿密女性與哈特有染」刊登了這條新聞。《國家詢問報》也在兩天後刊登了一張哈特與一位女性在遊艇上的照片，指明坐在哈特大腿上的模特兒唐娜萊絲，就是與他在華府共度周末的女性。由於罪證確鑿，哈特在事發後七天宣布退選，《前鋒報》也因此聲名大噪。

沙維奇終結哈特的總統夢也許靠的是運氣，但七〇年代他終結另一位參議員的政治生命靠的卻全是苦功。他剛當調查記者時，聯邦住屋管理局在佛羅里達州進行低收入戶住宅興建計畫。有建築商向他爆料指稱，有一位叫普瑞司提斯的建商拿到的興建合約比任何人都多，懷疑其中必有官商勾結。

沙維奇跟他的同事花了三年時間，調閱了數不清的土地交易紀錄、住宅興建合約與銀行貸款資料，並且採訪了不計其數的建商與購屋民眾，持續追查報導，最後終於拼出了一幅官商勾結圖。

這個官商勾結的故事是這樣的：佛州選出的參議員格尼，先力保一位叫派爾斯基的人出任住管局邁阿密辦事處的主任。派爾斯基再與建商普瑞司提斯勾結，利用人頭公司做掩護，把住管局半數左右的興建合約交給這些假公司承包，不但圖利特定建商，更從建商獲得的聯邦補助款中收取回扣。

同時，另一位叫威廉斯的人也以替格尼籌募政治獻金為名，向那些申請住宅興建合約的建商收賄，付賄建商的申請很快就過關，拒絕給錢的建商，申請卻一律被派爾斯基否決。但威廉斯收賄來的錢卻落入格尼私囊，根本與政治獻金無關。

司法部經過兩次大規模調查後，決定起訴格尼等人。格尼雖是佛州百年來第一位共和黨籍參議員，但官商勾結醜聞也讓他成爲歷史上第六位在任內被起訴的參議員，逼得他不得不放棄連任。

當年跟沙維奇一起監視哈特住宅的記者湯姆費德勒，如今已是《前鋒報》的總編輯。沙維奇雖然至今仍「官居原位」，但一位參議員與一位「可能的總統」都栽在他手裡，這樣的榮耀又豈是頭銜職位所能比擬。

五千年等於一年

——愛倫瑞克（Barbara Ehrenreich）

五十七歲，博士學歷，知名專欄作家，中上階級的收入，但愛倫瑞克（Barbara Ehrenreich）爲了調查美國低收入者的貧窮實況，卻決定「自我下放」，去當平均每小時祗有七塊美元工資的「勞動窮人」。

愛倫瑞克的經歷很特殊，她本來讀化學，再改讀物理，最後拿的卻是生物學博士。但她拿博士那年正好是一九六八年，狂飆運動在全球風起雲湧，她像當年許多「知青」一樣，決定走出實驗室，投入大時代的洪流中。

她曾經跟男友結伴見證歐洲學運，也曾在文革後期到中國接受大革命的洗禮。現在她雖然早已過了花甲之年，但她至今仍是一個死不悔改的反戰主義者與社會主義者，絲毫未改她的「六八世代」本色。

在她五十七歲那年，有天她與《哈潑》雜誌總編輯賴普曼聊天，談到低收入民眾的生活話題時，她很感慨的說：「總該有人去做老式的新聞採訪，去那些人工作的現場，去了解、去報導他們到底是怎樣過日子的吧？」賴普曼想都沒想就接口說：「妳就是那個人。」就這樣閒話一句，愛倫瑞克決定拋棄一切，踏上她的「到貧窮之路」。

她開著一輛破車，帶著一台手提電腦，從佛羅里達開始，再到明尼蘇達與緬因州。兩年內，她待過四個城市，每到一個地方，她就拿著報紙到處應徵找工作。她的目的雖然是化身採訪，但她過的卻是扎扎實實的勞動窮人生活。

在上層社會中，她也許是個名人，但下層社會卻沒人知道她是誰，祇知道她是一個自稱剛離婚想二度就業的中年婦女。她做過在餐廳端盤子的女侍，在療養院餵食老人的看護，也做過替有錢人打掃住家的清潔工，以及在沃爾瑪超市女裝部負責整理貨品的店員。

雖然在下放前，她就定下了「找工資最高的工作，住房價最低的地方」的生活準則，但她拿的最高工資是每小時八塊錢，最低五塊錢，平均每個月大概祇有一千元出頭的收入。第一個月，即使她刻意省吃儉用，但扣掉房租、吃飯與交通費用，最後衹剩下二十塊錢。一個人生活已經苦成這樣，更何況是還有子女要養、有稅要繳、有保險費要付的低收入家庭。

下放回來後，愛倫瑞克替《哈潑》寫了一篇她化身採訪的報導，也寫了一本書《掙幾文血汗錢》，以參與者的身分、第一人稱的寫作方式，詳述勞動窮人討生活的血淚心酸。她的下放心得總結是：美國不但是政治兩極的社會，也是經濟兩極的社會。她舉自己爲例，沃爾瑪老闆每年收入六千萬美元，以她在沃爾瑪拿的工資來計算的話，她必須拚死拚活做五千年，才能賺到她老闆的一年收入。

勞工的五千年才抵得上老闆的一年，這樣的比較嚇壞了華府政客。民主黨參眾議員在看過她寫的書後，紛紛邀請她演講，每個人跟她分手前都信誓旦旦：「妳講得對，我們一定要做些事。」但一場恐怖攻擊以及接踵而至的戰爭，這些國會議員卻完全忘了對她的承諾。勞動窮人不但與日俱增，而且比以前更貧更窮更困更苦。

「勞動窮人才是眞正的慈善家，他們疏於照顧自己的子女，去照顧別人的子女；疏於打掃自己的家，卻讓別人的家整潔光亮；他們忍受貧窮，卻讓物價穩定、股價上昇，他們是這個社會的無名捐贈者。」這是愛倫瑞克在她書中寫的最撼動人心也最有顛覆性的一段話。但那些才闔上書就走進喬治城高級餐館的政客，卻早已把她這句話忘在餐館的大門外面。

永遠在路上

——嘉瑞特（Laurie Garrett）

因爲母親罹癌病逝，嘉瑞特（Laurie Garrett）決定攻讀免疫學；後來因爲愛上新聞，又決定放棄博士學位。她雖然沒當上頂尖學者，卻當了頂尖記者。她是新聞史上唯一拿過「三P」大獎（普立茲獎、皮巴蒂獎與波克獎）的記者。

她從洛杉磯地方電台小記者做起，後來被挖角到「國家公共電台」，再跳槽到紐約長島《新聞日報》，二十多年來，她採訪的都是科學新聞。

科學新聞很難跑，要成爲學者專家佩服、對政策有影響力、對讀者有吸引力的科學記者，更是難上加難。但嘉瑞特的學院訓練，再加上她對新聞的狂熱，卻讓她很快就成爲別人眼中的「首席科學記者」。

嘉瑞特對新聞狂熱到什麼地步？她在十年內，跑遍全球四十多個國家採訪；九一一事件後，她也走遍了全美四十幾個州。她是一個永遠「在路上」的記者。

非洲的薩伊爆發伊波拉病毒流行時，她在現場。印度蘇拉特省鼠疫蔓延時，當地人逃命唯恐不及，她卻跑到現場。她也實地採訪過車諾堡核能事件後那些早已人煙荒蕪的「鬼城」。爲了調查愛滋病在全球的蔓延，凡是被列爲愛滋高危險區的國家，她幾乎無一處沒去過。

但她每去一個地方，就多一分驚恐。她發現每個國家都面臨公共衛生基礎體系崩潰的危機。俄羅斯因爲醫院看護人員未洗手，而造成痢疾的蔓延；即使是美國，每年也有超過十萬人因爲醫院內感染而死亡。更遑論像愛滋、伊波拉、SARS這些病毒造成全球化危機之時。

面對愛滋、抗藥性病菌與潛在生物戰這三大危機，嘉瑞特這幾年寫了無數篇讓人讀之驚悚的調查採訪報導，也出版了兩本暢銷書《即將來襲的瘟疫》與《信任的背叛》。高層次的問題，例如布建全球化公衛體系與重建國家公衛基礎體系；低層次的問題，例如中產階級必須改變「公衛是窮人專屬」的錯誤認知，都是她念茲在茲的主題。

但即使她得獎無數，專家肯定她，讀者喜歡她，她自己也熱愛新聞，但她卻辭職離開她當了十九年記者的《新聞日報》。

爲什麼辭職？她的理由是報業集團的老闆已把新聞當成商品，置利益於品質之上，他們服務的順位是股東第一，華爾街其次，讀者最後。

嘉瑞特以前每次爭取到國外採訪，報社從來沒拒絕過她。她到舊蘇聯採訪，前後待了六個月，又帶攝影記者同行，又在當地請翻譯，花錢如流水，但報社高層眉頭都沒皺一下。她回來後，連寫三十多篇系列報導，報社也照單全收，一個字沒刪。

但現在國外採訪成了無利可圖的新聞，公衛、健保、醫療這樣的科學新聞，太專業也太複雜，一寫就是三、四千字，對賣報紙毫無幫助，倒不如把版面留給像麥可傑克遜的性醜聞官司，或者像瑪莎史都華出獄這種有賣點的名流新聞。

《新聞日報》在全國性報紙排名第八，全美城市報紙排名第五，一向號稱是「小報形式，大報內涵」，但這幾年發行量卻從一百多萬份銳減一半，現在連像嘉瑞特這種比大報記者更有大報內涵的人，都在感慨中求去，對《新聞日報》的打擊不言可喻。

但就像嘉瑞特所說，從亞特蘭大的CNN到時代廣場的《紐約時報》，有哪一家媒體每天不在上演像《新聞日報》同樣的故事？「新聞變成商品，無助於民主政治，也無益於國家精神。」嘉瑞特這句話雖是名言，但保證不會像病毒一樣流行蔓延，更何況報老闆們早就有了免疫力。

我看我感受我經驗
——柯諾瓦（Ted Conover）

美國現在關在牢裡的犯人有多少？兩百萬人！也就是說，平均每一百四十人當中，有一人是犯人。

如果你是記者，想調查了解關了兩百萬犯人的監獄現狀，你會怎麼做？到現場參觀？難免走馬看花。專訪獄卒與囚犯？可能衹聽到片面之詞。這兩種方式寫出來的報導即使再好，也不過是隔靴搔癢。因此柯諾瓦（Ted Conover）決定「穿別人的鞋子」：去當獄卒。

當《紐約客》雜誌委託他寫一篇監獄調查報導時，他向獄政單位提出申請，希望能跟隨監獄管理員一起工作並且生活幾天，但獄政單位拒絕了他的申請。

正當柯諾瓦準備放棄採訪計畫時，一個他想都沒想過的念頭卻突然跳進他腦海裡：爲什麼不去當獄卒？此念一起，他的人生爲之丕變。

他報名參加監獄管理員考試，錄取後又受了幾周專業訓練，然後被分派到關了最多重刑犯的紐約辛辛監獄工作。這所關了七萬名犯人的監獄中有兩萬名獄卒。

柯諾瓦在監獄待了將近一年，拿的是獄卒薪水，過的是每天穿制服、帶警棍、看管犯人的生活。獄卒該做的事，他都做；該經歷的事，他也沒錯過。

他在申請報考時，雖然誠實塡寫他是自由投稿記者，並未隱瞞他的學經歷，但獄政單位當時卻沒認出他就是曾經提出採訪申請的那個記者。當了獄卒後，他的同事也沒人懷疑他，或問過他當獄卒的動機。

直到他辭職離開監獄，在《紐約客》寫了一篇長達數萬字的調查報導後，獄政單位才知道眞相。他寫的書雖然在辛辛監獄中是禁書，但他在監獄的同事卻公開支持他，說他寫出了他們的眞實故事。

新聞界更把他當成新一代採訪記者的樣版，說他是「參與型新聞」、「投入型新聞」的代表性人物，也把他捧成是「新新新聞學運動」的先驅者之一。

六〇年代的「新新聞學」與「新新新聞學」，雖然在風格上都屬於敘事性新聞，也都有採訪者本位的特色，但「新新聞」是文學重於報導，「新新新聞」卻正好相反。「新新聞」要求採訪者進到採訪對象的腦子裡觀察，「新新新聞」卻要求採訪者變成採訪對象的一份子，不衹是觀察，而是經歷，是生活。

其實，剛出道時的柯諾瓦就已是「我看，我感受，我經驗」的實踐者。他大學讀的是人類學，爲了寫畢業論文，他跟到處流浪的「火車流民」生活了將近一年。爲了寫非法入境的墨西哥移民，他也跟墨西哥農場工人四次偷渡邊界，跟他們一起非法打工。爲了寫亞斯本上流社會的享樂奢靡，他當了好幾個月的計程車司機，到處搭載趕赴派對狂歡的名人。爲了調查愛滋病的傳染管道，他也遠赴非洲跟跑長途的卡車司機穿境過村了一個多月。

由於他跑新聞像在做田野調查，經常餐風飲露四海爲家，他的朋友因此調侃他是「全美唯一睡在地上維生的記者」。

肯定他的人說他寫的報導，結合了人類學家的方法、社會學家的眼光，以及小說家的敏銳；但他卻說自己衹是一個說故事的人，說那些「在社會意義上很重要，在媒體報導上被忽略」的故事。

寫完辛辛監獄的故事後，柯諾瓦常作惡夢，他靠寫小說自我治療，才讓自己逐漸走出獄卒的角色情境。他目前正在進行新的調查採訪計畫，準備寫「道路的故事」，到秘魯的荒郊，到肯亞的野外，去尋找沒人說過的跟權力有關的、跟疫病有關的、跟環境有關的道路的故事，替「新新新聞學」再立下一塊路標。

殘酷大街上的奧德修斯
——勒布蘭克（Adrian Nicole LeBlanc）

紐約布朗克斯，一個故事說不完的地方：洋基球場的故事，嘻哈文化的故事，黑幫的故事，毒品的故事，以及貧民區的故事。

在勒布蘭克（Adrian Nicole LeBlanc）之前，許多人寫過布朗克斯的故事，但沒有人像她一樣在殘酷大街上當了十二年的奧德修斯。

八〇年代末期，紐約的記者都在瘋狂追逐一個故事：喬治男孩的故事。喬治男孩是布朗克斯人，不到二十歲，但每月販毒收入卻將近百萬美元，道上稱他爲「海洛因之王」。

但就像其他毒販的命運一樣，喬治男孩最後還是落入調查局與緝毒局的手中，並且被送上法庭接受審判。

勒布蘭克當時替《村聲》雜誌採訪這條新聞，幾次出入法庭後，她認識了喬治男孩的女友潔西卡，一個波多黎各裔的布朗克斯漂亮女孩，以及潔西卡弟弟凱撒的女友可可，她發覺這兩個女孩才是她要寫的故事主角。

潔西卡當年二十一歲，可可十四歲。她們同意讓勒布蘭克採訪，讓她加入她們的生活，變成她們的一份子，久而久之也把她當成朋友，甚至是家人。

勒布蘭克雖然始終沒忘記自己是個記者，不斷錄音訪問，不停寫筆記，但她在布朗克斯待得愈久，跟潔西卡等人接觸愈多，卻發覺她愈不了解布朗克斯，好幾年寫不出一個字。

十二年內，她看著潔西卡變成五個孩子的母親，但孩子的父親卻是不同的三個人，其中有兩個人還是親兄弟。可可也變成五個孩子的母親，孩子的父親則是四個不同的人。

爲什麼會這樣？勒布蘭克在很久後才了解：性是布朗克斯女孩自認唯一擁有的權力，她們雖然不想太早懷孕生子，但意外誕生的嬰兒卻常常帶給她們短暫的希望。

可可是個靠微薄救濟金過日子的人，但當她領到小孩殘障津貼後，她卻把所有錢拿去買家具、買大型電視。爲什麼會這樣？很久之後勒布蘭克才了解：當她們年復一年看著父親、男友、兒子一個個走進監獄後，布朗克斯女人的眼睛早已不會望向遠方的地平線。

但每當看著自己的孩子時，她們仍然難免有夢。潔西卡不希望她十八歲時生的女兒瑟瑞娜步她的後塵，甚至從小就讓她穿著三條內褲出門。瑟瑞娜十四歲時也說她將來要讀完大學，要當幼稚園老師，但還不到十六歲，瑟瑞娜就懷孕生子，她的夢跟她的母親的夢一起破滅。

十二年內，勒布蘭克看著潔西卡與可可從女孩變成母親再變成外婆，也陪著她們年復一年進出監獄、拘留所、法院、收容所、急診室。其間瑟瑞娜的生父被人槍殺死亡，喬治男孩被判終生監禁，凱撒因殺人坐牢，連潔西卡也因協助販毒曾坐牢七年。

潔西卡等人常常找不到工作，靠救濟金度日，勒布蘭克那幾年也沒做過一份正式工作，不是替媒體偶爾寫稿賺點稿費，就是每年向基金會申請補助，常常窮到付不出房租與電話費。但當她寫的書《無章之家：布朗克斯的愛情、毒品、麻煩與成長》出版後，新聞界以「紐約版的奧德賽」讚譽她時，勒布蘭克終於等到了出頭天。

但她那些布朗克斯的朋友卻沒她那麼幸運。瑟瑞娜過十五歲生日時，潔西卡花錢替她租了一輛禮車，邀請她的朋友一起兜風。但當這些十幾歲的女孩興奮地跳上車後，她們卻不知道要到哪裡去，一晚上繞來繞去，結果還是繞不出住家附近那幾條街。「她們想把熟悉的世界拋在背後，但卻沒人知道該往哪個方向去。」這就是勒布蘭克筆下的布朗克斯的宿命。

死牢天使
——普洛提斯（David Protess）

這是一個讓專業記者汗顏的眞實採訪故事。

一九九九年二月，一位叫安東尼波特的黑人死刑犯步出芝加哥庫克郡監獄重獲自由，他在監獄的死牢裡被關了十七年。

波特是在八二年被控謀殺一男一女兩位年輕人，並被判決死刑定讞。九八年九月，距離死刑執行前四十八小時，雖然波特已選好了他的最後一餐，但他的律師以他智商祇有五十一的理由，替他爭取到暫緩執行。

西北大學新聞學院教授普洛提斯（David Protess）在得知這項消息後，徵詢他的學生有無興趣調查此案，他對學生說：「如果我們不做的話，這學期結束前，一個人的生命即將結束。」結果有六位大四學生響應他並組成了一個調查小組。

波特被控於凌晨一點在一處公園內犯下謀殺罪行，但學生到公園進行犯罪現場模擬後，卻發現即使在大白天，視力正常的他們也不可能看清楚兩百五十呎以外發生了什麼事情，何況是光線暗淡的深夜。

有了這項發現，他們不久後又找到當年現場的唯一目擊證人，這位證人被學生說服，坦承案發當晚他祇隱約看見有兩個人匆促離開現場，但警察卻拿波特的照片逼他指認，他是在警察的威脅恐嚇下做了僞證。

但證人翻供仍不足以翻案，六位大學生繼續在成堆的檔案中尋找線索。他們發現了一項十分可疑的紀錄：當年警方曾約詢過一對夫婦，但這對夫婦被約詢後兩天即搬家離開芝加哥。

在一位與他們老師是好友的私家偵探協助下，六位學生幾經波折終於打聽到這對夫婦已遷居密爾瓦基，而且多年前就已分居。其中一位學生先找到了叫傑克森的太太，她坦誠是她分居的丈夫賽門開槍殺人，當時她也在現場。她寫下書面供詞，也做了錄影口供。

傑克森招供後，六位學生又找到了賽門。賽門起初否認涉案，但等他看了分居妻子的錄影口供後，終於鬆口承認犯案，坦誠他是因爲毒品買賣糾紛而開槍殺人。

庫克郡的法官在看了六位學生提供的各項調查證據後，立刻下令釋放波特，並且展開對賽門犯案的調查。賽門後來被判刑三十七年，波特當年被起訴的罪名也被撤銷。

六位新聞系學生不眠不休花了四個月時間替死刑犯翻案成功，這則新聞不但轟動全美，連歐洲媒體也紛紛大作越洋採訪報導，普洛提斯與他的學生更被人讚譽是「死牢天使」。

更重要的是，因爲受到這幾位大學生的刺激，《芝加哥論壇報》立刻調派資深記者徹底清查伊利諾州近二十年的死刑判決檔案，結果發現不當起訴、失職辯護與錯誤判決的例子多得不可思議。報導刊登後，一向贊成死刑的伊利諾州長喬治賴恩在他卸任前夕做出了一項美國歷史上前所未有的決定：伊利諾州已判決定讞的一百六十七位死刑犯，一律減刑爲無期徒刑。

司法系統做不到的，專業記者不肯做的，大學生做到了。有人以「令人振奮」來形容大學生的成就，但普洛提斯卻以「令人不安」回應外界的讚美。他說：「大學生不應該成爲無辜司法受害者的最後一道防線」，「一個依賴年輕新聞系學生去發覺眞相的社會是有問題的。」

ＮＢＣ已退休的新聞主播湯姆布洛考當年在播報波特案時講過一句話：「永遠要到現場，永遠要挨家挨戶做訪問，這是採訪的基本動作，但我們卻早已忘了這項要求。」稍微有點專業良知的記者，在聽過普洛提斯與他學生的故事後，大概都該有布洛考這樣的感慨吧。

第二輯

媒體的哨兵：線上記者

興登堡向他含淚告白

——塞爾迪斯（George Seldes）

如果塞爾迪斯（George Seldes）當年的新聞沒被查扣，也許今天就沒有解放奧許維茨集中營六十周年這件事。

新聞史上，大概沒有人可以跟塞爾迪斯創造的紀錄相比。他活到一〇四歲，採訪過興登堡、列寧、托洛斯基、墨索里尼、佛朗哥等人，也是被驅逐出境次數最多、報導被查禁最多、主流媒體抵制最久的記者。

一次大戰結束後，他突破萬難專訪到德軍統帥興登堡，興登堡向他含淚坦承，德軍是被美國步兵在戰場上打敗。但塞爾迪斯寫的訪問稿卻被美軍指揮部以破壞停戰協議的理由查扣，與登堡的敗戰告白，世人一無所知。

戰後納粹興起，希特勒當時的主要民粹訴求之一就是德國敗戰並非敗在戰場，而是敗在國內，敗在社會主義者、共產主義者與猶太人「在背後捅了德國一刀」。

塞爾迪斯說，如果興登堡的敗戰告白當時能公諸於世，希特勒編造的民粹謊言將無從出現，納粹主義也不會席捲德國，二次大戰可能也不會發生。

俄國大革命後，他曾在莫斯科目睹歷史的轉變，「偉大的列寧」在他眼中祇是一個「矮小但幽默的獨裁者」。但因爲他常利用外交郵袋偷送新聞稿，而且他又不願接受官方的事前審查，嚴重違背了俄共「查禁是革命的兄弟」的鐵則，塞爾迪斯不久就被驅逐出境。

墨索里尼還沒沒無聞時，塞爾迪斯曾聘他當《芝加哥論壇報》駐義大利的特約記者。等到他掌權後，塞爾迪斯反而變成採訪他的記者。但他們過去的主僱關係卻無助於化解採訪者與被採訪者之間的緊張對立。

墨索里尼鐵腕統治義大利的手段之一就是暗殺政敵。當他暗殺社會黨領袖馬西歐提時，記者個個噤若寒蟬，祇有塞爾迪斯秉筆直寫。墨索里尼不但把他驅逐出境，還派了黑衫隊刺客準備在離境火車上刺殺他，因爲車上英軍的保護，他才僥倖逃命。

二〇年代末期，墨西哥動亂時，美墨關係緊繃，但塞爾迪斯發現動亂的黑手其實是美國當地使館人員與美國油商。他寫了十篇報導，其中五篇站在美國立場，另外五篇站在墨西哥立場，但結果報社祇用了美國立場的五篇報導，其他五篇卻隻字未用。

三〇年代，西班牙發生內戰時，他對接受德國與義大利軍援的佛朗哥大肆批評。但當時美國內部支持佛朗哥的勢力卻向報社高層施壓，他寫的報導十之八九都被丟到字紙簍裡。

十幾年一連串的打壓，讓塞爾迪斯再也忍無可忍。他決定跟主流媒體分道揚鑣，並創辦了一份每期祇有四頁的周報《事實上》。自己當老闆後，塞爾迪斯不但仍是一個反法西斯主義者，也成了反主流媒體的急先鋒。

但因爲當時是冷戰初期，塞爾迪斯被視爲赤色分子，FBI雖然不敢查扣他的周報，卻經常派人到各地郵局抄錄他的訂戶名單，久而久之周報銷路下跌，逼得他祇能關門大吉。但他獨立辦報的精神，卻啓發了《史東周報》的創辦。

由於他數十年不遺餘力反主流媒體，痛批「媒體最大的聖牛就是媒體自己」，主流媒體恨他入骨，《紐約時報》高層甚至下令將他列爲拒絕往來戶，數十年不曾提過他的名字。

塞爾迪斯一生與法西斯主義政客以及主流媒體爲敵，他雖是少見的傳奇人物，但因爲長期被主流勢力排斥，讓他幾乎成爲被現實社會遺忘的人。但歷史不會遺忘他，不會忘記他是一個一生對抗強權的記者，不管是政治的強權或媒體的強權。

甘迺迪在他面前發抖

──雷斯頓（James Reston）

聽過這句話嗎？「你們來這裡前，我們已經在這裡；你們離開這裡後，我們仍將在這裡。」

雷斯頓（James Reston）當《紐約時報》華府分社主任時，聽說甘迺迪身邊的紅人泰德索倫森，欺負《時報》剛跑白宮不久的記者湯姆威克，他立刻打電話到白宮，毫不留情地用這句話教訓了索倫森一頓。這大概是新聞史上記者對政客講得最帶種的一句話。

華府一向有兩大勢力，第一勢力是白宮，第二勢力是媒體。一九五〇到七〇年代初期，《紐約時報》是第二勢力的代表。有人形容「一棵樹倒了，如果《時報》沒聽到，倒下的樹便發不出任何聲音。」但如果雷斯頓沒聽到樹倒下，《時報》也發不出任何聲音。

雷斯頓在華府當家時，權力大到被人形容華府像是他統治的城市。艾森豪有次讀完他的專欄後氣得大罵：「雷斯頓那傢伙自以爲是什麼東西，竟然敢教我如何治國？」一九六一年，甘迺迪與赫魯雪夫在維也納會談後，他回到美國大使館見的第一個人，不是任何政府官員，也是雷斯頓。

但雷斯頓能有這樣的地位，絕非倖致。他寫的專欄，政客晨間必讀。他跑的獨家新聞也常左右政局。二戰結束前後幾個改變歷史的重大國際事件，例如關係蘇聯勢力擴張的雅爾達密約，影響歐洲復員的馬歇爾計畫，決定成立聯合國的頓巴敦橡樹園會議，都是他的獨家。

但雷斯頓還有許多未刊登的獨家。甘迺迪入侵豬玀灣的攻擊計畫，蘇聯在古巴祕密布置飛彈，他也都事前知悉，但甘迺迪打給他的前後兩通電話，卻讓這兩條大獨家最後不是被淡化處理，就是被留中不發。

雷斯頓擁有的華府人脈雖然無人能比，但人脈讓他拿到了許多大獨家，人脈也讓他成了第一勢力眼中的「圈內人」，甘迺迪把他當成自己人，就讓他在新聞上有得也有失。這是「圈內人記者」的宿命。

但尼克森入主白宮後，雷斯頓卻變成了圈外人。以前，歷任總統都是他的線民，但尼克森卻把他列為敵人名單之一，他在華府的唯一高級線民祇剩下了老朋友季辛吉。

但季辛吉是個相信「祇要是朋友就要利用」的馬基維利信徒。過去杜勒斯等人雖然會故意放消息給雷斯頓，但絕不會欺騙他。而季辛吉卻常欺騙他，明明決定轟炸北越的人是他，但雷斯頓卻被他誤導，在媒體上替他撇清責任。雷斯頓栽在季辛吉手上，祇能怪他太天眞，不知道第一勢力從七〇年代起已經發生了質變。

當然，第二勢力的同時質變，也讓曾有「平面媒體王子」之稱的雷斯頓，逐漸變成了不合潮流的過氣人物。以前，政客與記者之間尙有基本的互信，但「水門時代」開啓後，華府的兩大勢力卻彼此猜疑、敵對，像雷斯頓這種「共識型」的記者，早成了歷史遺跡。

但即使如此，雷斯頓「統治華府」的那個年代，至今仍是華府記者津津樂道的黃金年代。他跟歷任總統平起平坐的關係；他培養出無數大牌記者的將將之才；他的同事尊敬他，凡有疑難雜症，第一個請教的一定是他；年輕記者視他為偶像，每個人都有「雷斯頓何人也，有爲者亦若是」的抱負。雷斯頓傳奇從未褪色。

不信或不服的人，不妨再聽聽這段在維也納美國大使館內的對話：

「談得怎麼樣？」雷斯頓問他。

「我一輩子沒這麼慘過，赫魯雪夫竟然威脅我。」甘迺迪回答他時很明顯還在發抖。

如果你能讓總統也在你面前這樣，雷斯頓當然不足觀也。

放膽文章拚命藥

——湯普森（Hunter Thompson）

一個記者可能在被人批評「最不正確」的同時，又被人肯定「最接近眞實」嗎？

一九七二年美國總統大選，湯普森（Hunter Thompson）當時是《滾石》雜誌記者，跟著兩黨候選人全美跑透透。但別人寫新聞客觀又疏離，他卻主觀又投入。別人分析選情變化，他卻抒發個人好惡。別人以候選人爲新聞主角，他卻把自己當成主角。

因此在他筆下，尼克森除了談足球，任何事都說謊。麥高文最有教養，但靈魂裡面卻少了點米基傑格的黑暗質素。韓福瑞無趣乏味，像是被冰凍多年的人。

當年跟他同行的都是各媒體的大牌記者，每個人正經八百，祇有他敢不按牌理出牌。他有許多獨家，獨家與尼克森同車，獨家與麥高文在廁所巧遇，而且每條獨家都寫得像小說一樣，好看到根本不像是眞實事件，大家對他雖刮目相看，卻又半信半疑。

但麥高文的競選顧問後來卻肯定湯普森的報導，是七二年那場選舉中「最不正確但卻最接近眞實的紀錄」。這句話看似矛盾，卻一語道盡湯普森的新聞風格。

湯普森不但是「新新聞學」的大將之一，與吳爾夫、梅勒等人齊名，他更自創「剛左新聞學」（也有譯爲「荒誕新聞學」），比「新新聞學」更主觀、更個人化、更文學化、更投入，甚至更魔幻寫實、更眞假難辨。

湯普森有句名言：「在專業新聞中絕對眞實不但罕見而且危險。」至於他爲什麼那麼主觀？他的回答是：「你不主觀，你不可能了解像尼克森那樣的人；你不主觀，你也不可能了解像飛車黨那些人。」

〈地獄天使〉，一篇有關飛車黨的調查報導，是湯普森的成名作。在接受《國家》雜誌特約寫這篇報導前，湯普森當過《時代》的送稿小弟，鬱鬱不得志，寫的小說也乏人問津。但〈地獄天使〉卻救了他。

他跟那群每天在加州公路上呼嘯飛馳的哥們兒生活了一年，飛車黨後來雖然得知他來臥底採訪，把他痛扁一頓，但他寫的報導卻讓他一夕成名。寫稿與出書邀約不斷外，他更加入了《滾石》，直到二〇〇五年二月他自殺前，三十五年，他的名字一直掛在《滾石》版權頁上。

許多記者也許放膽文章拚命酒，湯普森卻是放膽文章拚命藥。《運動畫刊》請他去拉斯維加斯採訪機車比賽，但他整天嗑藥、喝酒，在精神狀態進入太虛幻境後寫的報導，無一字與機車比賽有關，《運動畫刊》當然退稿。但《滾石》卻視爲瑰寶，不但刊登，而且讓他寫了好幾萬字出書，《賭城的懼與憎》不但是他的代表作，也是「剛左新聞」的經典。

《滾石》後來又派他到薩伊採訪阿里與福爾曼的拳王爭霸，但他隨身帶著一瓶酒、一袋大麻，每天泡在游泳池裡，結果一個字也沒寫。而且他又愛槍成癡，家中有個小型軍火庫，三不五時就在自家院子裡搞爆炸自娛娛人。

像他這樣的人，應該是記者的反面教材才對，但沒有人敢抹掉他在新聞史的名字；當他罵現在的政治記者又懶、又糟、又怯懦、又諂媚逢迎時，大家都點頭稱是。

湯普森不但是開山立派的記者，也是反文化的象徵，有人形容他浪漫如凱魯亞克，懷疑如布洛斯，信仰如金斯堡。他雖有「垮掉一代」的特色，但他的結局卻更像「失落一代」的海明威。

二十多歲時，他在打字機上一字一句地把海明威的小說重打一遍，學他的寫作風格；二〇〇五年二月下旬，六十七歲的他，又學海明威在自己家中舉槍自盡，最後一次讓自己成爲新聞主角。

七千頁的大祕密

——席漢（Neil Sheehan）

獨家新聞雖不是記者追求的唯一目標，但一條能夠改變歷史的大獨家，卻足以讓一個記者無憾此生。

席漢（Neil Sheehan）應該就是這樣的記者。他雖然衹當了短短十年記者，但他替《紐約時報》拿到的超級大獨家「越戰密件」，卻改變了美國的司法史、政治史與新聞史。

越戰密件的洩露，被形容是二十世紀最大的洩密事件，但說它「最大」，指的並不衹是機密程度，而是因爲密件厚達七千頁，長達兩百多萬字。而把密件洩露給席漢的艾斯伯格（Daniel Ellsberg）也被稱為歷史上最知名的洩密者。

艾斯伯格是越戰密件的參與者之一，也是極少數看過密件全部內容的人。但他了解愈深，愈發覺歷任政府都在欺騙大眾與國會，也愈覺得要將密件公諸於世，以期早日結束戰爭。

但越戰密件是極機密，洩密的人肯定會有牢獄之災。因此艾斯伯格最早接觸的洩密對象是享有豁免權的國會議員。但民主黨大老傅爾布萊特等人擔心白宮反彈，不敢公布密件。他接著找三大電視網，也被拒絕。剩下來祇有報紙可找，而報紙當然以《紐約時報》最優先，與他曾是越南舊識的席漢因此便成了他最後的希望。

在與席漢接觸之前，艾斯伯格早已分批偷印完全部密件。一九七一年三月，他約席漢到他在哈佛附近的家中，讓席漢過目密件。分手時，艾斯伯格雖把家裡鑰匙交給席漢，但卻要求席漢不能複印文件。

艾斯伯格這項要求，其實是為了日後規避刑責的障眼法，席漢也心知肚明。所以席漢跟他太太花了幾天時間將文件全部影印後帶回華府。回到華府後，席漢跟《時報》一位同事在傑佛遜飯店租了一間房間，花了兩個禮拜時間從數千頁文件中尋找新聞。

華府的初步工作完成後，《時報》又在紐約總社附近的希爾頓飯店租了好幾間套房，又花了幾個禮拜時間祕密進行密件的編寫作業，並且討論刊登密件後的法律與政治後果。

其實從席漢拿到文件後，他就一直擔心《時報》高層不敢刊登這條大獨家。因爲《時報》發行人老舒茲伯格一向不願與政府嚴重對抗，總編輯羅森濤又是一個主戰派，再加上前任華府分社主任雷斯頓與歷任政要都有不錯的公誼私交，這三個人祇要有一個說不，越戰密件就可能變成一堆廢紙，永遠見不了報。

但《時報》畢竟是《時報》，席漢擔心的這三個人，在了解文件的內容後，最後都放棄了個人的顧慮與成見。七一年六月十三日，席漢拿到文件後的三個月，以「越南檔案」爲名的系列報導終於出現在《時報》頭版。

《時報》雖因報導密件而拿到普立茲獎，但席漢個人並未得獎。密件刊登隔年，他離開《時報》重回越南，本來想寫本越戰的書後再回《時報》，但事與願違，他想寫的書遲遲無法完成，其間他又發生嚴重車禍，臥床一年多。從此他再也沒回過《時報》，也再沒當過記者。

離開《時報》後，他雖然僅靠妻子收入以及微薄的預付版稅維生，但十六年後他終於寫完了那本回憶越戰的書（HBO曾改編此書以「衝出越戰」爲名拍過電影），這本書也讓他拿了早該拿的普立茲獎。

艾斯伯格的際遇跟席漢一樣，除了靠賣文、演講爲生外，三十多年來也祇寫過一本書。當年他僥倖逃過牢獄之災，但後來因爲他長期參與反核示威，卻被警察逮捕過七十多次。

回首前塵，揭發越戰密件，對席漢與艾斯伯格雖是榮耀，但似乎也是詛咒，終其一生擺脫不掉。無憾一生嗎？也許吧！

最後一場決鬥

——法拉琪（Oriana Fallaci）

如果你問我誰是最會問問題的記者？我會毫不遲疑告訴你是法拉琪（Oriana Fallaci）。

米蘭昆德拉說法拉琪的訪問已經不是對話，而是決鬥。著名的鬥牛士考多貝斯也形容她在訪問時像一頭憤怒的公牛，「她使用語言就像公牛使用牛角一樣。」

她訪問鄧小平時，第一個問題就問：「天安門上掛的毛主席像，是否要永遠保留下去？」第二個問題是：「中國人民把文革的過錯都推給四人幫，但毛主席難道沒錯嗎？」

訪問阿拉法特時，她劈頭就問：「你現在幾歲？」阿拉法特說他不談私人問題，但法拉琪說：「我祇不過問你的年齡而已，如果你連年齡都不願告訴別人，爲什麼你要告訴世人你是巴解領導人？」

當阿拉法特抱怨西方媒體對他不公平時，法拉琪對他說：「這是你的戰爭，不是我們的。在你的戰爭中，你不能要求我們像你那樣反對猶太人。」

她訪問季辛吉時，季辛吉像鰻魚一樣滑溜，從不直接回答問題。法拉琪祇好下重手問他：「你曾說尼克森不夠格當總統，現在你會覺得尷尬嗎？」「許多人說你眼裡根本沒有尼克森，你關心的祇是你自己。」由於法拉琪咄咄逼人，季辛吉最後終於露出了眞面目，形容他自己就像電影裡的西部牛仔一樣，孤獨地騎在馬背上帶領著篷車隊穿村過城。

這篇訪問刊登後，季辛吉飽受各方抨擊。他獨攬外交功勞，更讓尼克森氣得好幾天不接他電話。季辛吉爲化解危機，祇好指控法拉琪扭曲他的談話。但法拉琪豈是好惹的人，她發電報給季辛吉，威脅要公布採訪錄音，並希望他不要像小丑一樣讓人恥笑。季辛吉被嚇得祇好三緘其口，並且在事後承認他一生做過的最愚蠢的事就是接受法拉琪的訪問。

在訪問塞浦路斯總統馬卡里奧斯時，法拉琪對他說：「你讓我想起珍奧斯汀講的一句話：一個聰明的女人絕對不能讓別人知道她有多聰明，」「但我不是女人啊！」「你不是，但你太聰明了，聰明到想盡辦法要讓我搞不清楚你在想什麼。」法拉琪說馬卡里奧斯當時氣得像一隻弓起背的貓。

法拉琪爲什麼要把訪問弄成像決鬥？因爲在她的字典裡沒有客觀這兩個字，她說客觀是種僞善，不存在也不該存在。她說當她在採訪時，她不是旁觀者，而是參與歷史的人。她形容自己就像是藏在歷史那棵大樹樹幹裡面的一條蟲，用她的眼她的耳她的腦，去看去傾聽去思考每一件她參與的歷史。她雖然是新聞記者，但更是一個歷史學家。

至於她爲什麼那麼主觀？她的回答更直接了當：「如果我是一個畫家，我在替你畫像時，爲什麼我不能把你畫成我想要的樣子？」

九一一事件發生後，她打破了十多年的沉默，寫了一本小書《憤怒與驕傲》，沒想到卻得罪了伊斯蘭的基本教義派，揚言要像當年追殺魯西迪一樣追殺她。但罹癌已十幾年的法拉琪，在九一一之後已經放棄治療，早已視死如歸。更何況她年少時曾參加義大利的反法西斯反抗軍，在越南戰地跑過新聞，也曾在墨西哥採訪學運時三度中槍，死亡的威脅根本嚇不到她。

她形容自己就像當年反法西斯的義大利學者薩爾維米尼一樣，雖然他聲嘶力竭警告世人，但因爲他反法西斯反得太早，因此沒有人相信他。法拉琪說「我病了，但西方世界比我病得更重。」她雖然已是風中之燭，但她仍在跟死神進行最後一場決鬥。

呼叫中國救米勒

——米勒（Judith Miller）

很少有記者像米勒（Judith Miller）那樣衰運連連。

米勒在《紐約時報》工作了二十七年，待過開羅、巴黎、華府等地，專長是中東問題、恐怖主義與生化武器，也是《時報》國安新聞的首席記者，二〇〇二年才拿過普立茲獎。

但普立茲對她卻像是詛咒，從她得獎後，倒楣的事就接踵而至。

最近幾年，美國興起一股批判媒體的風潮，凡是在反恐戰爭中替政府敲鑼打鼓的媒體與記者，全都成了箭靶。《紐約時報》因爲是媒體龍頭，所以中箭最多，而《時報》

記者中又以米勒受傷最爲慘重，幾乎每一篇文章都把她列爲頭號「戰犯」，甚至給她取了個「大規模毀滅性記者」的外號，讓她一世英名差點毀於一旦。

但禍不單行，才當完箭靶，元氣未復，米勒因爲「普拉姆門」這項醜聞，很可能又要當烈士，坐牢去了。

「普拉姆門」的故事是這樣的：二〇〇三年七月，美國前任駐加彭大使威爾遜寫了一篇文章，指控布希炮製伊拉克向尼日購買鈾原料的謊言。他的文章刊出後，知名的右派專欄作家諾瓦克卻在他的專欄中大爆內幕，指稱有「兩位資深政府官員」告訴他，威爾遜的太太普拉姆是中情局祕密特工。NBC、《時代周刊》、《華盛頓郵報》等媒體隨後也跟進報導，他們的消息來源同樣也是「資深政府官員」。

但根據美國法律，洩露特工身分是聯邦重罪。因此「資深政府官員」爲什麼要匿名向那麼多記者洩密？莫非是爲了報復威爾遜公然詆毀總統之仇，所以找她太太當替罪羔羊？

有人甚至直指這是布希首席策士羅夫所搞的陰謀。果眞如此的話，那將是一樁典型的政治醜聞，嚴重性絕不下於水門醜聞。司法部不得不提升調查規格，仿照水門模式，特命一位叫費滋傑羅的特別檢察官調查。

費滋傑羅受命後，果然大張旗鼓幹將起來。他不但一連發了好幾張傳票，傳訊記者，連布希與錢尼，他也已一一約談完畢，儼然是玩眞的樣子。米勒也接到了他的傳票。

但其他記者被傳，也許「罪有應得」，但對米勒，這卻是莫須有之罪，因爲她從頭到尾根本就沒寫過任何一條有關普拉姆的新聞。

然而，檢察官卻爲了她沒做過的事傳訊她，聯邦法官也爲了她沒做過的事下令她到大陪審團作證，更因爲她拒絕作證，拒絕透露新聞來源，被法官判了個藐視法庭罪。如果上訴失敗，米勒很可能要坐十八個月的牢。倒楣倒到這種地步，又豈是一個衰字所能形容。

但令人困惑的是，第一個暴露普拉姆特工身分的諾瓦克，至今仍然逍遙法外，既沒收到傳票，也沒被要求供出消息來源，更沒面臨牢獄之災。也難怪華府盛傳，這是右派打擊自由派媒體的大陰謀，因爲辦案的檢察官與法官都是大右派。

米勒的案子已進入聯邦上訴法庭審理，但上訴法庭三位法官中無巧不巧又有兩位是大保守派，看起來米勒很可能要一路打官司打到最高法院，才知道她會不會失去自由。

另外，羅德島一位叫塔瑞卡尼的電視台記者，二〇〇四年十二月初也因爲拒絕透露他的消息來源，而被法院判處坐牢半年，但因爲他曾動過心臟移植手術，法官法外開恩，准他居家監禁。

美國新聞自由被少數「帝王法官」這樣糟蹋，也難怪米勒在《時報》的同事紀思道，在一篇聲援她的專欄中開頭就寫說：「呼叫中國！救救我們！督促美國尊重新聞自由！」一連三個驚嘆號，拜託沒有新聞自由的中國救米勒，夠諷刺了吧！（作者按：米勒上訴最高法院敗訴，二〇〇五年七月被判決藐視法庭坐牢八十五天。當年十一月初，因與《紐約時報》高層對她在「普拉姆門」醜聞中的角色意見不一，決定自《時報》退休。）

最前線哨兵

——梅班克（Dana Milbank）

梅班克（Dana Milbank）很年輕，還不到四十歲，他不是名聞天下的記者，但卻是白宮最頭痛的記者，也是自由派在新聞最前線的哨兵。記者通常有兩種，一種像貓，另一種像狗。前者恭馴，後者惹人嫌。而梅班克正是華府最會叫的一隻狗，叫得白宮主人每天睡不安枕。

當白宮記者本來應該人人稱羨，但梅班克卻形容這是一份「一盎斯虛榮，一磅厭倦無奈」的工作。他說現在的白宮比克里姆林宮還厲害，管制新聞，誤導媒體，打壓記者，什麼事都敢做。他開玩笑說他工作的《華盛頓郵報》有四成以上的記者都患了憂鬱症，大家都在吃百憂解，編輯部就像是個「百憂解辦公室」。

但梅班克顯然是少數不需吃藥的記者。他的老東家《新共和》雜誌甚至不避嫌讚美他已經把《郵報》成功地「梅班克化」了。在反恐戰爭議題上，《郵報》雖然是鷹派媒體之一，但也是揭發白宮戰爭謊言最多的媒體。而打前鋒的記者就是梅班克。因爲他帶頭往前衝，《郵報》新聞也跟著「非常的梅班克」。

小布希是最會混淆事實與謊言的總統，但梅班克卻是最會分辨事實與謊言的記者。

總統說伊拉克已經發展出航程可達美國本土的無人飛機。但梅班克根據中情局的報告卻說這是子虛烏有。

總統說根據國際原子能總署的評估，伊拉克在半年內即可組裝完成核子武器。但梅班克查證後卻說原子能總署根本沒做過這樣的評估。

總統說經濟蕭條是始自於柯林頓後期。但梅班克卻說連官方報告都證明蕭條是從小布希執政後三個月才開始。

總統說他增加百分之十五教育預算的比例，數十年來僅見。但梅班克卻說柯林頓幾年前的預算比例就比現在要多三個百分點。

類似這樣的謊言多得可以寫幾本書。但「總統說」有至高無上的權威，連《紐約時報》的白宮記者都坦承質疑總統是一件很嚇人的事。但梅班克卻是最敢質疑的記者，白宮記者會中祇要他一開口，總統就緊張。他也是最會質疑的記者，別的記者對「總統說」照單全收，但他卻「每說必查」，而且每查就讓「總統說」穿幫。

因為梅班克如此敢問會問，老牌調查記者赫許因而調侃其他白宮記者，請他們以後在白宮記者會中祇要講一句話：「我把發問時間讓給梅班克。」就閉嘴坐下。

梅班克讓白宮寢食難安，白宮當然也禮尚往來，讓他日子難過。其實他從《新共和》跳槽到《郵報》前，小布希的首席策士羅夫就曾打電話給《郵報》高層想封殺他，卻被《郵報》拒絕。不過一個有趣的對比是，他在《郵報》的上司伍華德，被白宮以上賓之禮待之，有求必應，在白宮通行無阻。而他卻被白宮幾乎列為拒絕往來戶，人人避之唯恐不及，而且有時非得靠「資訊自由法」的申請才能得到白宮的答覆。他的白宮同業常常拿伍華德來消遣他，他卻說不受歡迎本來就是線上記者的宿命。

自由派這幾年被愛國主義壓得喘不過氣，但所幸還有像梅班克這種站在最前線的記者替他們傳送「敵情」，提供他們寫專欄、搞運動對抗右派勢力的軍火。然而豈止是自由派，連許多曾被「總統說」蠱惑的社會大眾，現在大概也會很感慨說：「幸好我們還有梅班克。」

第三輯

媒體的柱子：專欄作家

掛鈴鐺的那隻公羊

——李普曼（Walter Lippman）

寫媒體典範如果不寫李普曼（Walter Lippman），就像寫經濟學典範不寫凱因斯一樣。

李普曼沒當過一天線上記者，但他卻是記者中的記者，是羊群中掛鈴鐺的那隻公羊。跟他同代的記者唯他馬首是瞻，在他後代的記者也視他爲榜樣，每個人都曾作過想當另一個李普曼的夢。

他在哈佛讀書時，桑塔耶納視他爲衣缽傳人。老羅斯福認識他後，逢人就說「李普曼是我們這個時代最聰明的人。」他的朋友也預言他將來不是當總統就是當國務卿。

但一次大戰的爆發卻改變了他的一生。他雖曾加入威爾遜政府，但就像戰前他出人意料走出象牙塔，戰後他又出人意料離開政壇，而且選擇的還是當時並不太受人尊敬的媒體這個行業。

李普曼是《新共和》的創辦人之一，這也是他的第一個媒體角色，但後來因理念不合而離開，其後一直到他過世，他在《紐約世界報》與《華盛頓郵報》寫了近五十年專欄，尤其是三〇到六〇年代這三十年間，他的專欄影響力無人可望其項背。

李普曼並沒有太強的意識形態，他早期傾向社會主義，但他在三〇年代卻反史達林，也反小羅斯福的新政。他個人政治立場雖然偏向自由派，曾經把甘迺迪視爲理想政治的化身，然而他也支持過艾森豪與尼克森。

但他並非盲目支持誰或反對誰，他雖然比任何人更接近權力核心，但他也比任何人更不受權力核心的控制。他反對麥卡錫，但白宮卻長期袖手旁觀，李普曼忍無可忍在專欄中痛批艾森豪姑息、無能。

他本來相信詹森有意早日結束越戰，因此常寫文章替白宮辯護，但當詹森日益擴大越戰規模後，他才發覺自己受騙上當，不但從此跟白宮劃清界線，並成爲反戰運動的言論導師。

詹森收編李普曼不成，便決定醜化李普曼。他要求白宮幕僚組成一個「李普曼專案」，專門蒐集李普曼過去寫專欄犯的錯誤——比方說李普曼曾經讚美過希特勒——並且拿這些資料在駐外使節面前公開羞辱李普曼。

詹森爲什麼要在外國人面前羞辱李普曼？因爲李普曼不但在美國有影響力，外國政府也視他爲美國代言人。赫魯雪夫是他的忠實讀者，KGB曾派一名特工去當他的助理臥底，英國駐美大使館內也有專人替首相官邸蒐集李普曼的言論。

但李普曼的權威並非來自他跟權力核心的關係，而是來自他的知識深度。他雖然沒當哲學教授，但他在新聞界扮演的卻始終是「哲王」的角色。因爲他在專欄中表現的知識深度如此獨樹一格，連《時代》雜誌也少見的以「新聞界的摩西」、「自由主義的先知」來形容他。

而表現李普曼知識深度最具代表性的例子是：他曾經跟杜威辯論菁英式民主與參與式民主的利弊，曾經跟與他齊名的專欄作家阿索普辯論出兵越南的利弊，也曾經跟肯楠辯論圍堵政策的利弊。跟杜威辯論時，他的菁英式民主雖然受人批判，但跟阿索普以及肯楠辯論時，他反對出兵越南與反對圍堵政策的主張，當時雖是政治不正確的意見，但歷史卻證明他是對的。

李普曼是第一個公眾型知識分子的專欄作家，新聞界因爲有他的出現，才逐漸變成一個比較受人尊敬的行業。他幾度扮演君王策士的角色，雖然逾越了媒體的分際，但他晚年覺悟到「任何一個客觀的媒體人，都不可能成爲總統的朋友」，「膩友主義是新聞界的詛咒」，雖是遲來的自我懺悔，但也提醒了後代的新聞記者不要重蹈他的錯誤。

總統向記者低頭

——柯羅克（Arthur Krock）

《紐約時報》華府分社主任通常都是總編輯的接班人，也是跟總統關係最好的記者，但柯羅克（Arthur Krock）卻是個例外。

柯羅克與小羅斯福總統原是舊識，老友入主白宮後，按理說他應當享有直達天聽的特權才對，但事實卻正好相反，在小羅斯福十二年任期內，他們兩人的關係形同冰炭。

小羅斯福是現代史上第一個「媒體總統」，他的「第一」紀錄包括：第一個在白宮開設記者室，第一個上電視，第一個提供新聞背景說明，第一個接受記者起立鼓掌致敬。

而且他是操控媒體的高手。他為了推銷「新政」，把媒體關係置於國會關係之上。他每周召開兩次記者會，自己當政府發言人。他對記者採取軟硬兩手策略，他可以跟記者通宵賭撲克牌，也可以在記者會上指著記者鼻子大罵，甚至叫記者到牆角罰站。

但柯羅克卻從來不參加他的記者會。有次小羅斯福問他原因，他回答說：「你太迷人了，我怕自己參加記者會後，寫新聞會不客觀。」但眞正的理由是，他認為新聞是私底下挖出來的，不是公開問出來的。

以前胡佛當總統時，柯羅克有求必見。但小羅斯福卻讓他連吃多次閉門羹。而且小羅斯福把他當成是「胡佛的人」，對他百般防範。再加上他又是少數反對「新政」的記者，小羅斯福氣得一度想請祕情局把他列為白宮的不受歡迎人物。

《紐約時報》是自由派的言論重鎮，柯羅克又自稱是「威爾遜式的自由主義者」，按理說他應該支持「新政」才對。但他對「新政」中的「蘇維埃化」傾向卻有保留，對小羅斯福推動「新政」的民主專制手段也不以為然。

第一大報的華府分社主任，竟是第一個帶頭反對「新政」的記者，小羅斯福當然忍無可忍。他不斷寫信給《時報》的老闆，要求把柯羅克調離華府，但《時報》老闆不為所動。他也時常在記者會中調侃修理柯羅克，甚至還把《時報》的華府記者找去白宮，數落柯羅克的罪狀。

雖然內外壓力那麼大，但柯羅克卻堅持不向總統妥協，他的堅持最後更逼得小羅斯福不得不向他低頭。

總統向他低頭的故事是這樣的：當時最高法院的九位大法官中，保守派占多數，白宮爲推動「新政」而制定的許多法律，最後都被大法官以多數決判決違憲，小羅斯福氣得使出殺手鐧，決定修憲增加大法官名額，但國會與輿論卻一致反對，讓小羅斯福陷入孤立無援的困境。

因此他不得不向第一大報的華府分社主任求救，他打破多年的規則，答應讓柯羅克獨家專訪，但條件是讓他暢談他的政治哲學。柯羅克跟總統對立多年後，終於以勝利者的姿態進入了橢圓形辦公室。

但這次專訪卻成了絕響。當小羅斯福尋求第三任甚至第四任總統任期時，柯羅克又成了頭號反對者，他跟總統的關係不但又回原點，小羅斯福甚至罵他是「社會寄生蟲」，讓兩人幾乎成了老死不相往來的冤家死對頭。

在小羅斯福過世前三個禮拜，這兩個人終於在一項餐會中碰面，當時小羅斯福坐在輪椅中，柯羅克看著跟他對立多年的老友衰病至此，眼神中很自然流露出不忍之意，但小羅斯福卻握著他的手，講了一句雙關語：「開心點，阿瑟，事情從來不像你想的那麼壞。」這也是他們最後一次見面。

小羅斯福死後八年，柯羅克辭掉華府分社主任職務，後來又繼續在華府寫了十三年的專欄。他比一直想撤換他的總統在華府多待了二十多年。

停止旋轉的木馬

——安德森（Jack Anderson）

安德森（Jack Anderson）寫了五十多年的「華府旋轉木馬」專欄，但二〇〇五年七月下旬，因爲帕金森症的惡化，八十多歲的安德森不得不宣布封筆。

安德森跟中國有很深的淵源，二戰期間他在上海當記者，採訪過共產黨，認識了周恩來。後來又因創辦中國難民救濟組織而結識陳香梅。他的師父皮爾遜也曾經出書毀謗蔣宋美齡與羅斯福特使威爾基有染。

皮爾遜與安德森師徒二人是專挖貪污腐敗內幕的記者，他們不屬於任何報社，但也非單幹戶。他們有一個小公司，請了幾位記者，跟他們一起在華府到處挖內幕。

但他們挖內幕後所寫的並不是新聞，而是專欄，調查性的專欄。「華府旋轉木馬」當年曾經紅到有一千家報紙的訂戶，估計大約有五、六千萬讀者每天在讀這個專欄。

但很多人對安德森專挖內幕卻嗤之以鼻，說他是鼠輩，是跳蚤滿身的狗，是扒糞的人，翻別人垃圾的人，偷聽別人談話的人，《華盛頓郵報》甚至故意把他的專欄放到漫畫版。但沒有人敢否認他是政客最怕的記者。

安德森率先揭發的內幕多得不計其數：安格紐非法收取回扣；尼克森濫用公款裝修自宅；ITT電話公司捐獻四十萬美金給共和黨，企圖影響正在審判中的案件；參議員湯馬斯陶德私吞巨額競選獻金；ITT與政府勾結想扳倒智利總統阿葉德；中情局想暗殺卡斯楚；卡斯楚想幹掉甘迺迪；聯調局長胡佛非法監聽金恩等人；以及印度與巴基斯坦交戰時，美國雖宣稱中立，但其實卻暗助巴基斯坦。

安德森挖的這些內幕，剛開始不是沒人理會，就是被人斥爲八卦小道，不登大雅之堂，但事後卻證明他挖的內幕都是事實。

他報導陶德私吞競選獻金內幕時，雖然手中掌握的證據確鑿，但媒體不跟進，讀者也抱怨。然而安德森不但不氣餒，反而發狠連寫了一百多篇專欄，篇篇都以陶德爲主角，最後逼得媒體跟進，國會也通過決議譴責陶德的敗行。

他寫印巴戰爭內幕時，他的線民曾提供他數百頁極機密的官方文件，但前幾篇專欄也是石沉大海，逼得安德森不得不在專欄中直接點明他握有某年某月某日某份機密文件，來做爲佐證，結果媒體爭相跟進。

一向善於自我宣傳的安德森，更決定公開他手中所有的機密文件與其他媒體分享，各大報讀者每天都看得到以「安德森文件」爲名的報導，他頓時成了家喻戶曉的名人。印巴戰爭內幕的報導，不但讓安德森從旁門左道的八卦專欄作家，躋身爲名門正派的大牌記者，也讓他獲得了此生唯一的普立茲新聞獎。

但因爲他挖內幕挖得太深，聯調局不但長期跟監他，還認眞考慮要對他下毒，栽贓他是同性戀、共產黨，甚至還一度想找人把他勒死。

安德森寫的內幕都有機密文件佐證，但他一向不買也不偷文件，也從不脅迫新聞對象。他是虔誠的摩門教徒，他找線民就像摩門教徒向人傳教一樣的不厭其煩。在他鼎盛時期，華府每個政府機關都有他的線民，而且都是自願無償的線民。

但這些從一九五〇年到七〇年代幫助他的線民，過去十幾年，死的死，老的老，退的退，華府對安德森來說，就像是一個已經乾涸的大池塘，再也無魚可撈。

再加上帕金森症的痼疾，更讓他不可能再跟「後水門」這一代的記者一爭長短，旋轉了半個多世紀的木馬，終於不得不停止旋轉，一個狂飆英雄的年代也宣告結束。（作者按：安德森因帕金森併發症，於二〇〇五年十二月十七日過世）

他替敵人辯護

——阿索普（Joseph Alsop）

甘迺迪跟很多新聞人都稱兄道弟，但阿索普（Joseph Alsop）卻是他最特殊的一個哥兒們。

阿索普家中常高朋滿座，甘迺迪決定選總統是在「阿府」透露。他就任總統當天雖然行程滿檔，但仍抽空到「阿府」小憩聊天。古巴飛彈危機發生時，他也照常到「阿府」赴宴。兩人交情可想而知。

而且這樣的交情，竟然好到讓阿索普常常越界干政。甘迺迪本來不想選詹森搭檔，但阿索普與《華盛頓郵報》老闆菲爾葛蘭姆卻在提名最後一刻勸他接受。甘迺迪當選後，阿索普推薦的國務卿魯斯克、財政部長狄農等人，甘迺迪也照單全收。

但阿索普初嘗干政滋味是在中國。二戰期間，他曾協助陳納德建立飛虎隊。後來因緣際會又成了蔣介石外籍顧問之一，老蔣寫給羅斯福趕走史迪威的那封電報，就出自他的手筆。

國民黨丟掉大陸，美國發表對華白皮書時，阿索普已是知名記者。他的中國經驗讓他成了中國遊說團的要角之一，他並以「誰丟掉了中國？」爲題寫了一系列的專欄，痛批國務院的「反蔣派」外交官。

越戰發生後，阿索普不改反共記者本色。他相信骨牌理論，認爲越南如果繼中國之後落入共產黨之手，亞洲將永無寧日。所以他不斷寫文章呼籲白宮增兵越南戰場。

但到了越戰後期，阿索普卻成了華府新聞界的反共孤鳥。祇要跟人一談到越戰，他一定攘臂而爭，爭到最後不但常常不歡而散，甚至弄到割袍斷義的地步。

尼克森想打開中國大門時，阿索普也寫文章反對。季辛吉一九七三年首次到北京跟毛澤東見面時，阿索普就是兩人對談話題之一。老毛對阿索普反對尼克森表示無法理解，季辛吉當時解釋，阿索普「祇是暫時有些失常」。老季甚至調侃說：「他們以爲自己在統治這個國家。」

然而，即使阿索普反共反到有點失常的地步，但對假反共之名行恐怖之實的麥卡錫，他卻是極少數敢站出來大加撻伐的記者之一。

他雖然痛恨國務院內像拉鐵摩爾那樣的人出賣中國，但當麥卡錫以叛國罪名指控這些親共反蔣的外交官時，阿索普不但寫文章替他們伸冤，還到國會作證替他們辯護。歐本海默被人指控對國家忠誠有問題時，阿索普也到處奔走替他平反。

有人問他爲什麼要反對像他一樣反共的麥卡錫？他的回答是，像拉鐵摩爾那樣的人也許是個大笨蛋，但愚蠢與叛國是兩回事，麥卡錫藉反共亂扣人帽子，任何相信民主的人都不該容忍。

另外，他雖然反對尼克森的中國政策，但水門醜聞發生後，他卻認爲尼克森不至於爲惡至此。《郵報》老闆葛蘭姆雖是他至交，但他常痛批《郵報》的水門新聞。直到白宮陰謀被證實後，阿索普才寫信給葛蘭姆承認錯誤。

但他至死沒有爲了反共而認錯。雖然有人說他針對越戰講的每句話、寫的每個字都是錯的，但他並未自承錯誤，祇自嘲也許他老了，變成了一個凍結在過去觀點的「老怪物」。

他堅持反共雖然不合潮流，讓他在華府的影響力從雲端跌到谷底。但他能在堅持自己信念的同時，卻又能在大是大非的時刻挺身維護他的敵人，讓一向論人貶多於褒的評論家艾瑞克阿特曼也不得不這樣總結他的一生：「他的傲慢與誤入歧途的熱情，讓他犯錯，但這些錯幾乎都是誠實的錯誤。」

因信念而犯錯的人，比那些因怯懦而不敢犯錯，或者因投機媚俗而犯錯的人，至少還算有點格調吧。

一字一錘敲警鐘

——路易士（Anthony Lewis）

很少有新聞記者像路易士（Anthony Lewis）一樣，大半生都跟憲法血肉相連。

他沒拿過法律學位，但卻在哈佛、哥倫比亞等名校的法學院教了二十幾年的憲法。

他寫過三本書，第一本寫罪犯的權利，第二本寫種族人權，第三本寫言論自由。三本書都跟憲法有關，都跟最高法院釋憲有關，也都是大學法律系學生至今仍需必讀的指定教材。

他當記者與專欄作家前後五十多年，在他寫的每篇文章中，幾乎都可以找到「憲法」這兩個字，制憲者與大法官曾經講過的名言警句更是隨處可見。

他不但被公認是最懂憲法的記者，也是美國新聞史上少見的憲政主義信徒。他相信憲法，就像教徒相信聖經一樣。

而且，路易士一生相信理性，所以他反對任何形式的極端主義，不管是宗教的極端主義，或是國家的極端主義。

他也相信進步的觀念，他認爲不管是個人、政府或國家，都會隨著歷史之演進而變得更有智慧，絕不至於重蹈前人所犯的愚蠢錯誤。

但小布希執政後這幾年，他卻眼睜睜看著他信仰一生的三樣東西：憲法、理性、進步，一個接著一個在他面前逐漸地崩解破滅。

一九六〇年代，路易士曾經記錄過最高法院做出的一項歷史性判決：任何罪犯都該享有律師替他們辯護的權利。他的第一本書《基甸的號角》寫的就是這個故事。

但這幾年在關答拉摩美軍基地內，美國政府卻監禁了上千名所謂的敵軍囚犯。這些人的名字，外界一無所知。他們未經公開起訴，未經公開審判，更不准律師探視、辯護。所有罪犯依憲依法該有的權利，統統都被剝奪。

路易士形容這是卡夫卡式的審判：你之所以有罪是因爲你被指控有罪。他說關答拉摩已經變成了美國憲法的黑洞。

一九七〇年代，尼克森濫權違憲，弄得舉國圍剿，處境淒涼。路易士當時寫文章形容他像是孤零零躲在白宮裡面的罪犯。

但現在的白宮卻舉目盡是罪犯。總統自高於法，他自認戰時總統的權力既高於國際法，也高於國內法。政府官員則每天詭辭狡辯想把政治裝扮成法律。政府律師也忙著替刑求囚犯這種暴行尋找法律依據。

在美國兩百多年憲政史上，雖然有亞當斯總統在任內制定「叛亂法」，林肯任內暫時取消人身保護令，威爾遜任內制定「間諜法」，以及羅斯福在二次大戰期間非法集體拘禁十幾萬日僑等毀憲違憲的惡法惡行。但路易士認爲跟現在的布希政府相比，那些作爲充其量也祇能算是歷史上幾股小逆流而已。

憲法被人糟蹋，非理性的極端主義抬頭，歷史的大逆流又沛然莫之能禦，路易士這三年的沮喪眞是一言難盡。但最近來自最高法院的兩項判決，卻讓這位已經七十七歲的老記者又重燃希望。

最高法院二〇〇四年六月下旬在「漢迪 VS.倫斯斐」與「倫斯斐 VS.帕迪拉」兩項判決中，明白指出戰時的總統權力並非空白支票，總統權力不能自外於司法審判程序，也不能任意剝奪嫌犯所應享有的各項憲法權利。根據這兩項判決，現在所有被關在關答拉摩軍營黑洞裡的那些囚犯，都有重見天日的可能。

路易士三年來的呼籲，憲法守護神在一天之內給了他滿意的回應。他雖然一向不相信寫文章可以改變歷史，但如果沒有像他這樣的人一字一錘天天在敲警鐘，遲早有一天政客會替憲法敲喪鐘。

站在馬路中間的聖牛

——布洛德（David Broder）

季辛吉當權時，記者巴結他唯恐不及，遑論得罪他。如果他肯惠賜見面機會，那更像天上掉下來的禮物。但布洛德（David Broder）卻沒把季辛吉放在眼裡。

索忍尼辛在一九七五年流亡美國時，當時的國務卿季辛吉以不利於美蘇關係的理由，力阻福特總統在白宮接見他。布洛德爲此寫了一篇專欄，痛批季辛吉陷總統於不義。

專欄見報後，季辛吉約布洛德見面，抱怨布洛德歪曲他的談話，並且破壞他跟福特的關係。布洛德邊聽邊拿出筆記本記錄。

「等一下，你在幹什麼？」季辛吉面露疑惑的問布洛德。

「記筆記啊！」

「但這不是訪問，我請你來，是因爲尊重你的工作，想讓你了解一些背景。」

「承你看得起我，國務卿先生。但你我並無私交，你請我來，是因爲我的專欄寫到你，如果你認爲我寫錯了，我有責任把你的話告訴我的讀者。」

兩人爭論了幾分鐘，季辛吉最後語帶威脅地說：「如果你不同意純粹祇是背景了解，我們的談話可能必須就此打住。」

「我也認爲沒有再談下去的必要。」布洛德說完就起身離開，把背影留給季辛吉看。

這個故事一直到今天還不時被人提起，布洛德也曾開玩笑說，他希望將來他的墓誌銘祇刻一行字：「這個人當著季辛吉的面拂袖而去。」

布洛德的傳奇故事很多。《華盛頓郵報》記者兼專欄作家的，史上唯他一人。他被公認是華府政治記者的龍頭老大，也是新聞同業票選最受尊重、最有影響力的專欄作家。有人甚至形容他是新聞界的聖牛，檢驗他就像檢驗皇冠上的寶石一樣。

但在所有對他的讚譽中，布洛德最自豪的是他被公認是最沒有意識形態偏見的專欄作家。

他雖然常常跟極右派的專欄作家，如布坎南與喬治威爾等人在電視上打對台，但死忠的自由派卻嘲笑他是沒有牙的看門狗，說他是「漂浮的中間派」，偏右的次數又多於偏左。

他雖然在柯林頓當阿肯色州長時，就曾預言小柯他日必將入主白宮。但柯林頓跟實習生鬧緋聞後，他卻痛批小柯汙染了華府，說他不配當白宮的主人。

他雖然反對民主黨上次總統大選時在佛羅里達州要求驗票，認爲國家將因此陷入分裂危機。但他也反對共和黨發動公投，罷免加州州長戴維斯。

他雖然稱讚布希是個有決斷力的戰時總統，但他卻痛批布希沒有消弭大眾對伊拉克戰爭的疑慮。再加上失業率居高不下，他說除非奇蹟發生，否則布希很難連任。

他雖然勸告凱瑞不要在面對共和黨攻擊時示弱退卻，但他卻批評凱瑞的表現一無是處，連他憑什麼可取布希而代之，都拿不出令人信服的說詞。

跟其他專欄作家相比，布洛德自認沒有深厚的哲學思想，他的專欄內容多半來自他的採訪所得，他說他寫的是常識，並不是意識形態。

而且布洛德是一個肯自我反省的記者。他在每年寫的最後一篇專欄中，一定會徹底自我批判，檢討一年來的寫作得失。去年他承認民主黨批評他盲目相信鮑爾是對的，也接受共和黨說他對布希放馬後炮的譴責。左右兩派雖然常以黨派之見夾攻他，他的新聞同業也一個一個不是向右走就是向左走，但布洛德至今不改「中間派」的本色。

在許多「中間派」都慘死在左右兩邊都有車輛疾駛的馬路中間時，布洛德能存活至今，而且還能繼續活躍地當政治交通警察，不能不說是個異數。

南方有一顆孤星

——艾文絲（Molly Ivins）

德州是孤星州，艾文絲（Molly Ivins）是孤星州的孤星，一顆已亮了三十多年的孤星。

艾文絲的新聞經歷很特殊。她在《紐約時報》待過六年，祇有一年在紐約，另外五年在許多人聽都沒聽過的洛磯山分社當校長兼撞鐘的「一人主任」。但她在德州的地方報紙卻工作了二十多年。

德州是她的老家，別人從華府看天下，她從奧斯汀看華府。一個地方報的專欄作家，卻擁有全國性的知名度與影響力，艾文絲是美國南方第一人。

她爲什麼不想待在像華府這樣的大城市？她說華府是一個大家都講一樣話的地方，如果她待在那裡，大概不到十分鐘，她講的、想的、寫的，保證跟其他人一模一樣。

更何況，她認爲地球上很少有地方像德州那麼好玩。她說採訪德州政治，就好像採訪馬戲團，採訪動物園。而且德州的政治沒有灰色地帶，壞人戴黑帽，好人戴白帽，就這麼簡單。

她形容德州是「壞政府的國家實驗室」，德州人的三大特色：宗教狂熱、反智主義、男性氣概，正是壞政府的特色。她說任何到過德州石油俱樂部跟那些牛仔大亨吃過晚餐的人，走出大門後大概都會想：「老天，這是一群什麼德性的傢伙！感謝上帝，還好國家不是他們在管。」

但老天爺偏要跟艾文絲開玩笑，白宮現在的當權派不但是德州幫，帶頭的老大還是她從高中時就熟識的小布希。

小布希跟她熟到什麼程度？有一年過聖誕節，小布希扮成聖誕老人，聚會中有朋友起鬨，逼艾文絲坐在聖誕老公公的大腿上合照留影。

但即使這麼熟，艾文絲批布希的火力卻從沒冷過。再加上她比任何人更懂德州，更懂小布希的德州經驗，她罵起布希簡直就是罵人不打草稿，痛快淋漓，歷歷如數家珍。

不過艾文絲罵人卻像德州一樣好玩。別的自由派罵小布希像使鐵砂掌，力可裂碑。她罵布希卻是雲淡風輕如化骨綿掌。她說讓人發笑是她的使命，嘲笑才是最嚴厲的批判。

所以她是這樣罵布希的：他不壞，也不笨。他對政治有興趣，對政策沒興趣。他不讀書，不看備忘錄，不愛開會，也不聽異見。因此一旦你聽到他說「根據我的直覺」如何如何時，你就知道大事不妙，麻煩來了。

而且小布希跟他老爸一樣，都不太會講英文。他衹要開口講話，常常是一個子句接著一個子句，從頭到尾沒有主詞，也沒有受詞，落落長講完後，別人聽得霧煞煞，連他自己也搞不清楚到底講了什麼。

她說老布希是東部上流階級的代表，小布希卻集德州三大特色於一身，三年多來他把美國徹底德州化了。要了解他，務必請到德州先走一趟。但小布希在德州做了什麼？他當老闆的一間石油公司，雖然虧損了兩百萬美金倒閉，但他離開時口袋裡卻裝滿了八十多萬美金。艾文絲說這就是小布希的德州奇蹟。

但艾文絲也會調侃自己，她說她一生最大的光榮，就是明尼亞波尼斯警察局把他們的吉祥豬命名為「莫莉艾文絲」。

她也常吹牛自己像個天才。她說幾年前她就預言小布希會把美國搞成現在這個樣子，但當時沒人信她。她在替自己新書《是誰放狗進門？》打書時，拜託她的讀者以後讀她的文章務必要多用點心，否則狗再跑進家門，活該倒楣。

這就是艾文絲，非常德克薩斯的一顆孤星，一顆讓人看了就想笑的孤星。

普立茲也捧腹大笑

——陶德（Maureen Dowd）

《紐約時報》現在有七位專屬的專欄作家。以膚色分，一黑六白。以性別分，六男一女。以政治立場分，兩個保守派五個自由派。陶德（Maureen Dowd）就是其中的自由派白人女性。

陶德是《紐約時報》報史上的第四位女性專欄作家。她不但人長得漂亮，文章也寫得漂亮。她跑新聞時，有所謂的「陶德式新聞」；寫專欄後，又有所謂的「陶德式專欄」。雖然有很多人模仿她，但她的寫作風格至今仍然獨步全美。

她當白宮記者時，別人跑新聞是眾裡尋他千百度，辛苦卻不一定有收穫。她跑新聞卻是踏花歸去馬蹄香，凡跑過的必有所得，隨手拈來皆是新聞。柯林頓與葉爾辛開高峰會議時，所有人都挖空心思想寫改變歷史的大文章，她卻拿兩國元首的頭髮大作小文章。

別人寫文章總是正兒八經，提起筆就像令狐沖揮鐵劍初學獨孤九式那樣沉重。她寫文章卻是「陶德一落筆，世界就發笑」。柯林頓當總統後重遊牛津大學，陶德的文章開頭就這樣寫：「在這裡，他抽大麻沒吸進肺裡，沒被徵召入伍，也沒得到一個學位。」這是她十年前的經典名句，現在重讀仍然笑果十足。

陶德是愛爾蘭後裔，大學讀的又是英國文學。她寫的諷刺體專欄，重修辭，擅用對比與矛盾語法，而且冷嘲熱諷，機鋒處處，常有令人噴飯的妙言警句，字裡行間隱約嗅得到她的愛爾蘭前輩王爾德與蕭伯納的味道。

柯林頓鬧緋聞時，她說「此事無關彈劾，但與離婚有關。」美國打阿富汗時，她說「我們活在新千禧年，他們活在中古世紀。我們開B五十二，他們騎馬。但他們把我們打慘了。」打伊拉克時，她說「在布希的世界裡，他們致力於伊拉克的政教分離，但同時在美國卻想將政教合一」；「過去我們擔憂軍人政變對抗文人，現在我們卻擔心文人政變對抗軍人。」可見即使是罵人，陶德的遣辭用字也優雅得頗有愛爾蘭遺風。

而且陶德寫文章喜歡從大眾文化找靈感，不像其他人動輒引用艱澀的學術理論。在她筆下，柯林頓是個像約翰屈伏塔的「周末夜比爾」；金瑞奇像《艾莉的異想世界》裡的女主角；希拉蕊「進白宮時像愛蓮娜（羅斯福總統夫人），離開時卻像瑪丹娜」；伊莉莎白杜爾像《飛越杜鵑窩》裡的護士；高爾像《搶救雷恩大兵》裡的雷恩。

陶德也愛替別人取綽號。小布希既是受人擺布的「兒皇帝」，又是腦袋空空的「稻草人」。高爾乏味得像個「錫人」。副總統錢尼是躲在山洞裡的「地下叔叔」。大權在握的總統首席策士卡爾羅夫是「卡爾將軍」。五角大廈的鷹派大將裴爾像個「黑暗王子」。

喜愛陶德的讀者，讀她文章像上教堂，不讀不快，而且每讀必拍案叫絕。一九九九年她能獲得普立茲評論獎，就是因爲評審重讀眾多有關柯林頓緋聞案的送審作品時，唯獨陶德的專欄能讓他們事隔許久後仍然捧腹大笑。評審說她把緋聞案的每個人物都寫活寫絕了。

但討厭她的讀者，卻說她把好萊塢搬到了波多馬克河上。嚴肅的政治也被她寫成像皮藍德婁的荒謬劇場。而且她的專欄文勝於質，其中除了尖酸、惡毒、嘲諷、虛無、瑣碎的文字外，內容空空，別無其他。

但就像王爾德說他的戲劇是寫給「正經人看的瑣碎喜劇」，雖然瑣碎但卻精緻，陶德寫專欄時或許也有這種既自負又諷世的心情吧。

二減一不等於四

——克魯曼（Paul Krugman）

任何人都知道二減一等於一，但如果有人堅持說二減一等於四，這個人不是笨蛋，就是說謊。

但有沒有人可能既是笨蛋又是說謊?克魯曼（Paul Krugman）說有，現在美國政府的那些領導人就是如此。

克魯曼是公認有可能得諾貝爾獎的經濟學家，但他現在寫專欄談的卻常常是算數問題，而且是小學生就會的算數。堂堂一個諾貝爾級的學者何以會「不務正業」到這種地步？

二〇〇〇年，《紐約時報》當時的社論版主編雷恩斯找克魯曼寫專欄，希望他多寫點經濟方面的問題，他一口答應。最初幾個月，克魯曼確實信守承諾，根據他的經濟學專長，寫減稅方案，寫預算，寫能源危機，寫國際貿易，寫得專業十足。

但他愈寫愈覺得不對勁，愈寫也愈發現所有的問題其實都跟觀點或理論無關，根本就是二減一等於幾的算術問題，也是政客有沒有在說謊的政治問題。他發現布希政府是一個故意把二減一說成等於四的政府。

這項「驚人的發現」，讓克魯曼大徹大悟，從此他的筆鋒一百八十度大轉彎，他的專欄不但不再談學派理論，而且談政治也多於談經濟。他並且改用常識寫專欄，用白話文寫專欄，寫得火氣十足，寫得每個字都帶刺帶刀。他第一次在專欄中指控總統說謊時，《紐約時報》還曾拜託他最好別用這個字眼，但現在他寫專欄卻以揭發政客謊言爲職志。有人形容他像脫掉了手套的拳手，赤手空拳單挑華府政客。

克魯曼對華府並不陌生。雷根當總統時，當時才二十九歲的他就曾當過一年的白宮經濟幕僚。柯林頓選總統時，因爲他是民主黨的財經智囊之一，一度也曾被看好可能接任白宮經濟顧問委員會，但最後卻花落別家。

雖然有短暫的華府經驗，但克魯曼卻非常瞧不起那些負決策責任的政客。他說那些政客祇是「政策承包商」，他們不是第一流的經濟學家，就是經濟學的異教徒，甚至是沒拿執照的假經濟學家。而且這些人是「最佳奉承者」，卻不是「最佳分析者」。

克魯曼嘲笑媒體也毫不留情。他說媒體本來應該「叫黑桃是黑桃」，但現在如果政客說地球是平的，媒體絕不敢直說地球是圓的，最多祇敢寫一篇標題可能是：「地球的形狀：不同的觀點」這樣的文章，故示客觀中立。

政客的墮落加上媒體的犬儒，也難怪華府甚至全美國會變成克魯曼所說的「笨蛋的天堂樂園」，大家都把黑說成白，上當成下，戰爭說成和平，二減一等於四。

克魯曼很喜歡引用法國大革命時期的那段歷史，來對照當前的美國政治。他說現在的布希政府走的就是「革命的激進主義」路線，所有既存的制度與價值都在不知不覺中一點一滴被摧毀腐蝕，但安於現狀的人卻渾然不覺。相比之下，政客走得太快也太激進，但外界的反應卻太慢也太鄉愿。他說每次想到國家的未來，他就覺得背脊發冷，嚇得半死。

克魯曼說他並不喜歡現在的自己，也不喜歡自己現在做的事。他曾經多次告誡自己不要再寫布希了，也不要再跟政客談算術了，他想早點重回伊甸園。然而時局愈變愈糟，革命的激進主義路線愈走愈快，但跳出來擋在路中間大聲喊「停住」的人，卻還是少之又少。因此他不得不寫，不得不繼續吹哨子，而且吹得那麼焦躁那麼尖銳，但也那麼孤獨。

美國李敖愛搖滾
——阿特曼（Eric Alterman）

一九九三年的往事：新宿紀伊國書屋洋書部的書架上擺著那麼多書，我一路閒逛一路看，一本與福克納小說《聲音與憤怒》同名的書突然跳到眼前。那是我第一次知道阿特曼（Eric Alterman）這個名字，從此我就成了他的「粉絲」。寫這篇文章前我還跟他通過 e-mail。

《聲音與憤怒》是阿特曼的第一本書，寫的是八〇年代美國媒體名流的故事。這些名流雖然都有高收入、高曝光率、高社會地位與高影響力，但其實他們的聲音與他們的憤怒，卻正是腐蝕美國政治文化的罪魁禍首。這本頗具六〇年代地下媒體反叛精神的書，讓阿特曼一炮而紅，也是他這十幾年寫作的原型。

寫《聲音與憤怒》時，阿特曼剛滿三十歲，初生之犢竟敢月旦天下英雄人物，頗像少年李敖。從學士到博士，他讀過康乃爾、耶魯與史丹福三所名校。他的專長也如李敖是歷史。他現在雖然也成了媒體名流，他寫的專欄更是老左派雜誌《國家》的招牌，但之前他祇在《波士頓環球報》做過特約記者。

阿特曼自認是公眾型知識分子，但他更是個死硬自由派。他寫文章也如李敖，寫的是雄辯體，文字中間夾雜著火氣與才氣。媒體與權力是他關心的兩個焦點。保守派媒體名流在他筆下不是無知的酒鬼，就是惡魔；他甚至詛咒某些保守派名嘴變成聾子。小布希政府也被他痛批是反動的流氓政府。鬥性強到有人因此罵他好像是野狼養大的人。

保守派一向指控媒體有自由派的偏見。但阿特曼寫的書《哪來的自由派媒體》，卻舉人舉事件舉文章證明主流媒體其實盡是保守派天下，連號稱自由派標竿的《紐約時報》也不例外。所謂自由派的偏見祇是保守派製造的神話，政治的目的高於現實的描述。

「九一一」之後，美國媒體集體向右轉，許多變節的自由派媒體名流，被阿特曼形容是終於出櫃的保守派。他說保守派比自由派更有錢、更有組織、更有戰鬥力也更有政治敏感。保守派有許多意識形態鬥士，但自由派卻屈指可數。保守派媒體把保守派的身分放在前面，媒體的角色放在後面，但自由派卻正好相反。

他引用克魯曼的比喻來形容自由派媒體的怯懦：如果共和黨堅持說巧克力是香草，大多數媒體為了怕被人指控有自由派的偏見，為了塑造平衡的假象，他們不會報導巧克力本來就是褐色的，最多祇會報導說有些民主黨說它是褐色的。媒體與記者怯懦至此，阿特曼說這是自由派「自我滿足的愚蠢」。

對有權力的政客，尤其是總統，阿特曼更是筆不留情。在他出版的《當總統說謊》新書中，他說不管是哪個黨的總統，都是病態的大說謊家。他把小布希定位成一百年來最會說謊也最危險的總統。他說他現在寫文章祇有一個目的：讓布希下台，誰上台都無所謂。

但就像其他反布希也反戰的人一樣，阿特曼也被人扣上反美、不愛國的罪名。但他卻說「我是一個愛國者」，「我愛的不是政府與軍隊」，「我愛的是工會、人權遊行以及一九六九年的紐約大都會棒球隊」，「我愛的不是〈天佑美國〉這種歌，而是史普林斯汀唱的〈這塊土地是你的土地〉。」

沒錯，阿特曼是史普林斯汀的「粉絲」，他甚至為這位老搖滾寫過一本書。一個愛搖滾的政論家，這是阿特曼跟其他人最不同的地方。

他打開了白宮大腦

——歐立塔（Ken Auletta）

布希一向疏遠媒體，有次卻很罕見地在他德州老家請白宮記者烤肉。他雖是主人，但在烤肉這樣的輕鬆場合中，他仍直言不諱說他平常很少看報紙和電視。有記者問他：「那你怎麼知道大眾在想什麼？」布希語帶揶揄回答說：「你做了一個很偉大的假設，假設你們能代表大眾。」

這則真實的小故事是《紐約客》雜誌記者歐立塔（Ken Auletta）講的。他把這個故事比擬成布希政府的「媒體無關論」宣言。

什麼是「媒體無關論」？布希的幕僚長卡德曾經這樣告訴歐立塔：「媒體並不比其

他人更能代表大眾，在美國的民主制度中，能代表大眾的是那些選舉過的人，我不認為媒體有監督與制衡的功能。」

但讓歐立塔更驚訝的是布希政府對媒體角色是這樣界定的：媒體跟其他利益團體沒什麼兩樣，而且媒體還是特殊利益團體，每天都在追求頭條、收視率、報份與更多的金錢，這是私利，無關大眾利益。

因為從總統到幕僚對媒體都是這樣的認知，所以布希上任至二〇〇四年年底，祇開過十一次記者會，比柯林頓同時期的三十八次，甚至他老爸的七十一次，都要少了許多。可見小布希是如何的視媒體如無物。

而且歐立塔訪問過的白宮官員幾乎都會朗朗上口這樣的大道理：納稅人付錢給我們，是要我們做事，並不是要我們當媒體的消息來源，或者洩密給媒體，我們工作的目的也不是要讓你們記者的工作變得更輕鬆。

歐立塔也引用雷根副幕僚長狄佛的話，形容布希的白宮是美國歷史上最有紀律的白宮。他說布希的白宮有兩大特色：忠誠與祕密。現在的白宮不但是史上洩密最少的白宮，而且白宮的人不僅對媒體的口徑一致，甚至連思想也一致，比軍隊更紀律嚴明。

但白宮一方面疏遠媒體，另一方面卻又常譴責媒體。卡德批評媒體常常祇寫片面之詞，充滿偏見。但歐立塔卻調侃他：「你們連記者電話都不回，你要他們怎麼可能不寫片面之詞？」

其實不回電話祇是白宮懲罰記者的手段之一。《紐約時報》雖然執世界媒體之牛耳，但布希至今仍然拒絕接受《時報》的訪問。CBS的丹拉瑟與ABC的彼得簡寧斯，三十多年來專訪過每一任總統，但布希也把他們列爲拒絕往來戶。橢圓形辦公室的門上好像貼了一塊隱形的告示牌：「自由派記者不得進入。」

歐立塔在《紐約客》寫了十幾年的媒體評論，但他不是一個關起門來寫評論的人，寫泰德透納或梅鐸這些媒體大亨，他做了長達十幾個小時的訪問；寫福斯有線電視的崛起，他花了四個月時間看遍福斯所有節目。二〇〇五年初，他爲了寫白宮與媒體的文章，也申請獲准在白宮待了一整天，旁聽各種幕僚會議。

在美國寫媒體評論的記者中，歐立塔最擅長寫人物，他被公認是最會說媒體故事的記者。媒體／政治這個領域，雖然並不是他的強項，但歐立塔卻是第一個打開白宮大腦，揭露布希政府「媒體無關論」本質的記者。這項揭露不僅暴露了布希政府控制媒體的策略，更重要的是暴露了布希政府反民主的反動心態。

歐立塔一向最反對祇呈現當事人說法卻不探究眞相的新聞報導，他稱這種報導是

「乒乓球式的新聞」。他雖應邀到白宮作客，過程中也備受禮遇，但他事後寫的文章卻對當主人的白宮沒有一句好話。白宮雖然大爲光火，但他證明了自己果然不是一個祇會打乒乓球的記者。

部落格進城了

——馬歇爾（Joshua Marshall）

我是因爲包道格，才知道馬歇爾（Joshua Marshall）這個人。

幾年前，包道格內定接任ＡＩＴ台北辦事處處長後，《新共和》刊登了一篇近似調查採訪的文章，大爆他跟馬來西亞、新加坡等亞洲國家的政商關係內幕，這篇文章的作者就是馬歇爾。當時的參議院保守派大老赫姆斯還曾根據這篇文章向國務院提出多項質疑，差一點讓包道格的任命生變。

但馬歇爾是何許人？我當時一無所知。後來上網漫遊才知道他常在《紐約時報》、《紐約客》、《華盛頓月刊》、《大西洋月刊》、《山莊周報》寫專欄，甚至還替《外交事務》寫學術性文章，被視為自由派公眾型知識分子的後起之秀。

而且，馬歇爾在虛擬世界的名氣比在真實世界更大。據估計，美國現在大概有兩百多萬各式各樣的部落格，馬歇爾的部落格「論點備忘錄」，被公認是全美最有影響力的四大政治性部落格之一，二〇〇三年更被媒體選為年度最佳部落格。

他是普林斯頓的學士、布朗的博士，專長是歷史，曾在自由派雜誌《美國前景》做過記者，這也是他至今唯一做過的體制內工作。

以他的學經歷，再加上他才三十四歲，如果他想進主流媒體工作，或者學保羅克魯曼那樣的「媒學兩棲」，應該都非難事。但他至今仍以星巴克為辦公室，以替報紙雜誌等舊媒體寫稿為生，並且靠部落格這個新媒體來實踐他獨立自由媒體的夢想。

「論點備忘錄」雖然是一人媒體，每天最多也祇有五、六萬人瀏覽，但它是政治人物與記者必讀的部落格。馬歇爾的讀者雖然不多，但他卻能「影響那些有影響力的人」，一位參議院多數黨領袖就曾栽在他的手裡。

二〇〇二年，即將接任多數黨領袖的共和黨籍參議員羅特，在替同黨參議員塞蒙德慶祝百歲生日時曾說：「一九四八年塞蒙德競選總統時，我們密西西比州投票支持他，當年如果其他各州也支持他的話，過去幾十年來美國也不至於會發生那麼多問題。」

但因爲塞蒙德是個種族隔離主義者，他競選總統時甚至曾經主張「華府制定的任何法律，都不能強迫讓黑鬼進入我們的家庭、我們的學校、我們的教堂。」羅特讚美支持當年的塞蒙德，就等於讚美支持種族隔離政策，可謂嚴重失言。

國會多數黨領袖竟然口出種族歧視之言，這是何等大事，但奇怪的是，電視與報紙隔天卻隻字未提羅特失言，衹有馬歇爾的部落格以頭題處理這則新聞，並且痛加抨擊。

馬歇爾開了第一槍後，另外幾個政治性部落格也立即加入戰場圍剿羅特，幾天後電視與報紙等主流媒體才不得不跟進，炒熱了這個政治話題。

羅特雖然爲了失言四度公開道歉，否認他有種族歧視之意，但在所有媒體中，衹有馬歇爾持續上窮碧落下黃泉找出許多檔案，證明羅特其實早有種族歧視前科，而且是前科累累。

由於馬歇爾舉證歷歷，人事時地物一應俱全，本來想息事寧人的主流媒體不得不再跟進報導，到最後連布希也出面公開表示不以爲然，逼得羅特衹能以辭去多數黨領袖的方式謝罪收場。

主流媒體做不到的，部落格做到了；部落格不但影響到主流媒體，讓主流媒體追隨其後起舞，並且還扳倒了一位國會多數黨領袖，改變了美國政治。也難怪有人會以「網路的第一張人頭皮」來形容部落格在這場政治風暴中的角色，並且警告那些經常放言無忌的政客：「你最好當心點，部落格已經進城了。」

第四輯

媒體的船錨：電視主播

美好的星期二
——莫洛（Ed Murrow）

德克斯特，底特律的一個小鎮，居民祇有一千多人，卻是美國新聞史上一個重要地名。

五〇年代初期，麥卡錫主義像狂風一樣橫掃美國，CBS的莫洛（Ed Murrow）每天念茲在茲的一件事是：「遲早我要對付這個瘋狂的傢伙。」

他跟他的製作小組像軍隊打仗一樣，對敵人採取偵查敵情、尋找弱點、攻擊側翼、致命一擊的四階段戰術。他的朋友常催促他動手，他總是耐心回答：「再等等，時機未到。」

有一天他讀《底特律新聞報》，一條發生在德克斯特小鎮的新聞引起他的注意，他興奮地打電話給他的製作人：「就是這個，這就是我們等了那麼久的新聞。」

德克斯特鎮有一位居民叫拉道洛維奇，他在鎮外的空軍基地當後備軍官，並且在密西根大學就讀，希望有朝一日能當個氣象專家。

但有一天他的長官卻下令他立即除役，理由是他的父親與姊姊都有共產黨的嫌疑，空軍認爲他雖無忠誠之虞，卻有安全之虞，不適宜再在軍隊服役。

拉道洛維奇的父親是來自塞爾維亞的移民，離鄉三十多年，但英文始終講得不好，他訂了一份塞爾維亞語的報紙，以解鄉愁。但這份報紙卻被軍方視爲共產黨的喉舌。

他的姊姊比他大三歲，對政治熱衷，也常參加一些政治性集會，但軍方卻指控她參與左派活動，是個共產黨同路人。

更荒謬的是，軍方除了說他有個共產黨嫌疑的父親與姊姊外，還以拉道洛維奇與他們「保持持續與親密關係」的藉口，認定他有危害國家安全之虞。

當時在德克斯特鎮上，拉道洛維奇被除役是件超級大新聞，居民集體聲援他，但空軍卻未召開軍事法庭，也未出示證據給當事人查閱，仍然堅持除役決定。

拉道洛維奇祇得求助於《底特律新聞報》替他申冤，但他絕沒想到這個小地方的小人物的小故事，竟然受到全國知名主播莫洛的注意。

莫洛派去德克斯特鎮的記者，訪問了拉道洛維奇和他的太太、他的父親與姊姊，也隨機採訪了鎮上的警長、洗衣店老闆、加油站工人。他父親更面對鏡頭唸了一封給艾森豪總統的信：「他們對我孩子做的事是錯的，我求你給我孩子一個公道。」

當莫洛看完採訪影帶後，他知道他終於找到了他要的「有全國性象徵意義的小故事」。但被麥卡錫嚇破膽的CBS卻不敢替這個專題做宣傳，莫洛祇好自掏腰包在《紐約時報》登廣告。

節目播出五個禮拜後，空軍部長主動打電話給莫洛，要求上他的節目，公開宣布拉道洛維奇經查並無安全之虞，並且立即復職。

莫洛在節目中雖然從頭到尾沒提「麥卡錫」這個名字，但麥卡錫知道是衝著他而來。他開始散布謠言說莫洛到過莫斯科，拿過蘇聯的錢。眼看著莫洛就將成爲麥卡錫的下一個獵巫對象。

但莫洛不爲所動，他按著既定的戰術步驟，持續對麥卡錫進行側翼攻擊。麥卡錫詆毀馬歇爾，他就製作專題向馬歇爾致敬，並且引述杜魯門的話：「那個攻擊馬歇爾的傢伙，連替他擦鞋都不配。」

雖然CBS高層幾次以不出廣告費的手段抵制莫洛，贊助廠商也嚇得抽廣告，但在報導拉道洛維奇四個月後，莫洛決定對麥卡錫做出致命的一擊，他首次指名道姓批判麥卡錫，並且公開呼籲「對那些反對麥卡錫做法的人，現在不是保持沉默的時刻。」

許多人說這一天，一九五四年三月九日星期二，是麥卡錫主義「結束的開始」，寫歷史的人更以「美好的星期二」替這一天定位。

第十七號敵人

——蕭爾（Daniel Schorr）

「丹尼爾，你今年幾歲？」

「到八月就八十五歲了。」

「你從來沒想過退休嗎？」

「沒有，你呢？你想過退休嗎？」

「沒有，但你不會感到厭倦嗎？」

「不會，我愛新聞，我喜歡知道世界發生了哪些事。」

二〇〇一年的這段對話，問的人是CNN的賴利金，當時六十八歲。答的人是蕭爾

（Daniel Schorr），二〇〇五年時已八十八歲。這兩個老人到現在還沒離開他們的戰場。

在電視發明之前，蕭爾就當記者了。他是第一代的電視記者，也是CBS新聞部「黃埔一期」碩果僅存的遺老。說他是全世界最老的記者，大概沒人敢跟他搶這個頭銜。

美國「國家公共廣播電台」有個獨一無二的頭銜叫「資深新聞分析家」，擁有這個頭銜的人就是蕭爾。他做這個工作剛滿二十年，占了他六十年記者生涯的三分之一。他雖然已是快九十歲的人，但仍每周有兩天要寫電台廣播稿，還定期替報紙寫專欄。他雖然形骸已老，但頭腦卻沒老化，仍然是一個犀利的老自由派。

有關蕭爾的故事很多，每個故事都像電影一樣精彩。他採訪過十二位總統，但總統都討厭他。艾森豪常常否認他的獨家報導；甘迺迪認爲他太親西德而向他的老闆施壓，要求將他調職；詹森因爲他報導「大社會」祇是一個大幻覺，氣得要抵制他；福特因爲他揭發CIA暗殺外國元首的祕密，下令情治單位調查他；尼克森更將他列爲白宮的「敵人名單」，說他是「眞正的媒體敵人」。

蕭爾跟尼克森結仇是因爲他窮追猛挖水門醜聞。有一天他正在做現場報導，他的同事遞給他一份名單，這份名單就是讓尼克森恨之入骨的「敵人名單」。因爲是現場播出，蕭爾連看都來不及看就從第一個名字唸起，唸到第十七個名字「丹尼爾・蕭爾」時，他一口氣差點噎住，但當場仍面不改色逐一唸完了二十個名字。他說那是他記者生涯中最不可思議的一刻。

尼克森下台後，蕭爾的麻煩並未結束。有一次他獨家取得了一份國會調查報告，報告中詳細列舉了CIA暗殺外國元首的計畫。但因爲CBS不敢播這條大獨家，他祇得把新聞賣給《村聲》。新聞刊登後，白宮下令調查他，國會也傳訊他要他供出消息來源，並且威脅他不合作就要以藐視國會罪將他打入黑牢。但他以事關新聞倫理而嚴詞拒絕。所幸眾議院倫理委員會最後以六比五的一票之差，讓他逃過一劫。

很少人有像蕭爾那樣的機會，見證了六十年的歷史事件；也很少人有像他那樣的膽識，敢挑戰每個事件的當事人。過去他挖掘政客不想爲人所知的事實，現在他針對大眾已知的事實提供是非對錯的價值詮釋。這幾年他常感嘆媒體有太多的明星名流，但眞正的英雄卻少之又少。他雖是電視史上的第一代調查記者，但對媒體的小報化傾向，對記者拚命追逐無關國計民生的醜聞，他卻認爲這是媒體的墮落。

他雖然常說「五十年前我在哪裡」、「四十年前某件事如何」，但他並不是祇活在過去的白頭宮女。他是讓現實與歷史對話的人，他有任何記者都比不上的歷史感，這是他的獨家專利，也是他聲名至今不墜的另一個原因。

「丹尼爾，認識你很榮幸，但更榮幸能跟你是同業。」賴利金當年對蕭爾講的這句話，其實也是許多記者的心聲。

寧為主播不做總統

——克朗凱（Walter Cronkite）

總統大還是主播大？菲律賓的卡斯楚給你的答案，跟美國的克朗凱正好相反。

卡斯楚（Noli de Castro）二〇〇四年六月當選副總統。他曾是菲律賓超人氣的電視與電台主播，當副總統前三年「播而優則選」，沒想到卻以史上最高票的一千六百多萬票當上參議員。總統大選前，任何一項「你會選誰當總統」的民調中，卡斯楚都排名第一。副總統民調奪魁的也是他。

但卡斯楚卻說他還沒準備好要當彌賽亞。而且他認爲「政治是最廉價的塑膠品」，其實他興趣並不大。但臨選前他還是禁不住支持者的慫恿，接受當艾若育的搭檔。菲律賓政壇有人已預言，卡斯楚遲早會當馬拉坎南宮的主人。

而克朗凱（Walter Cronkite）卻是完全不同的故事。他當過CBS十九年的當家主播，也是民調全美最受信任的人與最有影響力的人。民主黨與共和黨都打過他的主意，想找他選總統或副總統。但克朗凱始終不爲所動。

克朗凱爲什麼無意問鼎白宮？他在CBS一位同事的回答最令人拍案叫絕：「克朗凱幹嘛要放棄他現在所擁有的這些權力，去選什麼撈什子的總統？」也有人說：「他已經是華特克朗凱了，又何必再當美國總統。」

但眞正的原因是他對分際的堅持。一九七〇年代羅伯甘迺迪就曾找他代表民主黨競選紐約參議員，他拒絕了。拒絕的理由是：一個全國知名的主播如果競選公職，一定會讓大眾懷疑他不是在報導新聞，而是利用他的名聲與媒體舞台去遂行他個人的政治野心。此例一開，所有記者與主播的專業將備受質疑，所受的信任也將蕩然無存。他後來不選總統的理由也是如此。

然而，像克朗凱這樣的主播到底有多大的權力？舉一個眞實的故事爲例：克朗凱很少在新聞中加入個人評論，但有次從越南戰地採訪回來後，他在製作的特別節目中卻刻意加了一段評論，大意是說想要從越戰脫困，唯一途徑就是談判。別小看了這段評論，在一九七〇年代的政治氣氛中，跟北越談判幾乎等於是賣國，克朗凱冒的風險不是現在的人所能想像。

節目播出後，一向愛罵媒體的詹森總統竟然出乎意料沒有一點反應。但事後才知道，詹森當時跟幾位幕僚看完克朗凱的節目後，關掉電視嘆了口氣說：「如果我失掉了克朗凱的支持，就失掉了一般美國民眾的支持。」一個月後，詹森宣布放棄競選連任。所有人都說克朗凱是他棄選的原因之一。

另一個故事是：一九七七年克朗凱在訪問埃及總統沙達特時，問他是否有意訪問耶路撒冷？沙達特回答祇要受邀他立刻啓程。克朗凱隨即訪問以色列總理比金，沒料到比金的回答更乾脆：「你告訴他，他已受邀。」五天後，沙達特踏上以色列土地，兩個世仇相互擁抱，中東局勢從此改觀。幾個世代多少總統做不到的事，克朗凱做到了。他不祇是紀錄歷史的記者，他改變了歷史。

克朗凱六十五歲退休後，二十多年來寫專欄、寫書不輟。他的新聞成就也許不難超越，但他跟總統平起平坐的關係，他跟政治保持的界線，他堅持不選公職的分際，卻是很難跨越的「克朗凱障礙」。

美國政治史上也許很遺憾少了一個「克朗凱總統」，但新聞史上卻因此而留下了一個永遠的榜樣。畢竟，「卡斯楚」有很多，但克朗凱祇有一個。

荒原中的綠洲

——莫耶斯（Bill Moyers）

二十九歲，他當甘迺迪和平工作團的副團長。三十歲，他當詹森的總統特別助理。三十一歲，他當白宮發言人，並且被《時代》周刊選爲封面人物。當期《時代》的封面標題是：「最接近總統的年輕人」。

這個年輕人叫莫耶斯（Bill Moyers）。當年他曾是政治前途最被看好的童子軍，詹森視他如子，還一度考慮讓他更上層樓當國安會顧問。但身處權力核心的莫耶斯卻突然決定告別政治，選擇做記者，並且一做就做了三十多年。

發言人變成發問人，隱藏眞相的人變成挖掘眞相的人，替權力辯護的人變成跟權力對抗的人，角色一百八十度轉變，換了其他人也許會適應不良，但莫耶斯當記者卻如魚得水。

他雖是詹森的親信，但他不是 yes man 。有次白宮晚餐由他負責祈禱，但詹森卻突然打斷他：「比爾，講大聲點，我一句話也聽不到。」莫耶斯抬起頭對詹森說：「我不是對你講話，總統先生。」當詹森偏聽鷹派幕僚意見時，也祇有莫耶斯敢在總統耳邊盡說些不中聽的反越戰論調。

當記者後的莫耶斯也一樣不失自我。CBS曾經想把他捧爲華特克朗凱的接班人，給他的薪水也高得羨煞同輩中人，但商業電視台很快就讓他失望。他又在眾人都看好他的時刻，突然告別CBS，選擇PBS。

莫耶斯雖然比許多人都懂政治，但他不是泛政治或唯政治的記者。他相信「當記者最重要的事，不是你多接近權力，而是你多接近現實。」「媒體不應把閱聽人當成消費者，而應當成國民。」「記者追求的不祇是新聞，而應是眞相。」

因爲他相信這些，所以他做了許多非關政治的調查採訪：殺蟲劑對兒童的戕害，化學工廠有毒物質對環境的汙染，缺乏健康保險的失業族群，華人在美國移民的血淚辛酸。他甚至還訪問三十多位美國詩人談「生命的語言」，以及跟學者對談「神話的力量」。

他給自己訂的採訪規則是：採訪別人不採訪的題材，訪問別人不訪問的人，講別人不講的故事。他雖是通才記者，但卻不是蜻蜓點水式的雜家。他談神話、談詩、談宗教、談政治的那些調查採訪紀錄片，整理出書後，每一本都是備受學術界重視的作品。

他也是最有教養的記者。他主持節目，溫和而有熱情。但熱情是追求知識與眞相的熱情，並不是鬥嘴、衝突或謾罵的激情。別人主持的談話節目像羅馬競技場，他的節目卻像教室，一問一答全是理性對話，聞不到一點口水的臭味。

而且，莫耶斯溫和卻不鄉愿。他對政治的寡頭統治，對媒體的寡頭壟斷，一向嚴厲批判。

共和黨提名大會二〇〇四年八月底在紐約召開時，莫耶斯親眼目睹直昇機在空中穿梭，狙擊手在制高點警戒，路障布滿大街小巷，警察在路口安檢。他說他看到了一個「國土安全國家的興起」。

他批判現在半民主、半寡頭的美國，跟過去半自由、半奴隸的美國一樣，都是民主之恥。他也批判媒體的合併壟斷，不是爲了更好的新聞品質，而是爲了更多的私人利益。他更感嘆媒體變成了右派的回音室，連他工作的PBS也在政治壓力下，「大鳥向右飛」。

也許是感慨民主的靈魂正瀕臨死亡，而自己又無力可回天吧，莫耶斯已決定在二〇〇四年總統大選後退休。當年他告別政治時，外界一片惋惜聲；現在他告別媒體，許多人也惋惜：在右派橫行的媒體荒原中，從此又少了一塊乾淨的綠洲。（作者按：莫耶斯已於二〇〇四年十二月宣布退休）

上帝開他玩笑

——丹拉瑟（Dan Rather）

美國右派最近氣勢大振，他們的眼中釘CBS當家主播丹拉瑟（Dan Rather），終於被他們逮到了小辮子。

在右派的眼中，丹拉瑟是一個有強烈自由派偏見的記者。一九七〇年代他窮追猛打水門案，並且跟尼克森在記者會上公然嗆聲；八〇年代他跟當時的副總統老布希，爲了伊尼軍售案，在電視現場唇槍舌劍鬥嘴九分鐘，都曾讓右派人士恨之入骨。

極右派參議員赫姆斯當年更曾發起百萬人購買CBS股票的運動，呼籲保守派人士站出來，「大家來當丹拉瑟的老闆」，讓丹拉瑟這個「非民選的統治者」捲鋪蓋走路。

但右派的這個大陽謀，二十多年來一直未能得逞。布希父子雖然都把丹拉瑟列為拒絕往來戶，從來不接受他的訪問，但許多外國元首卻以上賓之禮待他。CBS晚間新聞的收視率雖然長年屈居無線電視末座，但丹拉瑟的年薪不減反增，曾高達七百萬美金。如果他不主動退休，右派休想把他拉下馬來。

然而，天佑右派！一向對新聞查證嚴謹的丹拉瑟，這次卻因一份假文件，栽在自己的手上。過去他報導過「水門」、「伊尼門」等各種醜聞，現在他自己也成了「拉瑟門」的主角。右派人士更透過網路串連逼他下台，他們揚言這次「不見血絕不收場」。

不過右派指控丹拉瑟對歷任共和黨總統都不友善，並不全是事實。他雖然對柯林頓褒多於貶，但跟他是德州同鄉的詹森卻視他為德州的叛徒、白宮的頭痛人物，恨他的程度絕不亞於尼克森。雷根葬禮當天，他對這位共和黨老總統更是推崇備至。

更何況九一一事件後，丹拉瑟是第一個公開向總統宣誓效忠的知名記者。他說「我先是美國人，其次才是美國記者」，「總統要我入列，我當然聽命。」他雖然不像其他保守派主播在胸前配戴國旗徽章，但他卻說「在戰時，新聞當然要追隨國旗。」

反恐戰爭初期，因為丹拉瑟突然搖身一變成了愛國記者，滿嘴都是愛國八股，比右派還右，因此一度曾讓保守派雀躍不已，自由派痛批不已。但隨著戰爭的逐漸變調，丹拉瑟又「露出了本性」。

他不但修正他的愛國主義論述，認爲記者在戰時不敢質問政客，並不表示他愛國，反而是不愛國。他也批判愛國主義已經氾濫到令人發狂錯亂的地步，他形容把不愛國的罪名套到一個人的頭上，就好像早年的南非黑人把一個正在燃燒的輪胎套到自己同胞的脖子上一樣，這是私刑，道德的私刑。

丹拉瑟並以行動來實踐他的修正論述。雖然在白宮的強力要求下，CBS把新聞壓了兩個禮拜，但丹拉瑟仍然是全球第一個揭發美軍在阿布格拉比監獄虐囚醜聞的記者。右派爲此罵他露出狐狸尾巴，自由派卻歡迎他重新歸隊。但他不過再度證明他祇是一個記者，新聞在哪裡，他就在哪裡。

但丹拉瑟一向是個獨家狂，獨家新聞在哪裡，他就在哪裡。他被公認是最苦幹的主播，實地採訪次數最多的主播。爲了獨家，他不惜得罪當權的人；爲了獨家，他也不惜生命出入各個戰場。但成也獨家，敗也獨家，這次他爲了搶小布希特權服役這條新聞的獨家，竟然重重跌了一跤，而且很可能是致命的一跤。

丹拉瑟曾說他每天晚上都祈禱，祈禱上帝幫助他能多當一天記者，也幫助他能多拿到一條大獨家。上帝這次雖然像以前一樣回應了他的祈禱，但顯然卻也跟他開了一個天大的玩笑。（作者按：丹拉瑟已於二〇〇五年三月九日宣布退休）

七百二十一個名字

——卡波（Ted Koppel）

約翰辛姆斯，陸戰隊上兵，二十一歲。傑森泰勒，陸軍中士，二十四歲。潔西史瑞，陸戰隊下士，二十三歲。克洛尼凱利，陸戰隊上兵，十八歲。

卡波（Ted Koppel）就這樣一個名字接著一個名字地唸下去。唸到誰，螢幕上就出現誰的照片。在他唸的七百二十一個名字中，有男有女，年紀最大的五十四歲，最小的十八歲。他們都是在伊拉克戰場上陣亡的美軍士兵，也是卡波主持的「夜線」特別節目「亡者」的男女主角。

在長達四十分鐘的節目中，從頭到尾觀眾祇聽到一個又一個的名字，看到一張又一張的照片。沒有插播廣告，也沒有背景音樂。卡波從深夜開始唸第一個名字，唸完最後一個名字「約瑟夫馬雅克，陸軍一兵，二十歲」時，已是隔天凌晨。幾百萬人在睡夢中可能還聽到他的聲音在迴盪。

卡波主持了二十五年的「夜線」，但「亡者」是他前所未有的一次嘗試。節目的製作構想來自一九六九年六月的《Life》雜誌。當期《Life》的封面上刊登了一張一位年輕士兵的滿版大照片，封面的標題是：「在越南陣亡的美國人臉孔：一周的統計」。內頁則刊登了三百二十九位陣亡美軍的相片，每張相片下面衹有短短三行字，一行姓名，一行軍種階級，一行年齡。

在製作「亡者」之前，「夜線」每天都會播報最新陣亡數字，今天兩個，明天三個。但卡波認爲這樣的播報會讓人痲木，沒有人會去思考這些個位數字背後的意義。但越戰記憶卻讓卡波和他的製作群想起了三十多年前的那期《Life》。「亡者」因而誕生。

在四十多年的記者生涯中，卡波採訪過十多場戰爭。他說那些在戰場上陣亡的人曾經都是有血有肉活生生的人，但戰爭卻讓他們變成了冷冰冰的數字。製作「亡者」就是要讓這些數字背後的那些臉孔在觀眾的眼睛裡復活。

但「亡者」在播出前後卻受到保守勢力的集體圍剿。右派掌控的媒體集團不但拒播

「亡者」，並且說卡波搞噱頭衝收視率，指控他反戰不愛國。有人甚至說他想踩著亡者的屍體走進國務院。

卡波是跑外交出身的記者，「夜線」討論的通常也都是國際政治的話題。二十多年來上過他節目的一萬多人當中，最多的就是外交官。他也曾自認絕對夠格當國務卿。因此右派勢力才抹黑他利用「亡者」來討好凱瑞求官。

但其實卡波是最不會討好「總統級」來賓的主持人。杜凱吉斯選總統時，曾經被他當場吐槽說「我想你到現在還沒搞清楚你的問題在哪裡。」

費拉洛當副總統候選人時，也被卡波故意用一大堆專業的核武與外交問題，拷問得出盡洋相。

柯林頓當總統後，有次因爲不耐煩被記者逼問「白水案」一怒拂袖而去。隔天他接受卡波訪問時，卡波劈頭第一句話就是：「總統先生，昨天你失控了，你把那個訪問搞砸了。」

布希選總統時，卡波發現他講的很多話都不符事實，因此幾度打斷他，氣得布希當場抗議：「你問我答，但你卻不喜歡我的答覆，你到底要我怎麼說你才滿意？」

雖然連總統都懼他三分，但ABC電視台的老闆卻一度想挖角搞笑泰斗大衛賴特曼來取代他，最後因爲他的支持者強力反彈而作罷。但「亡者」引發的軒然大波，卻證明卡波的影響力不減當年。他跟他的「夜線」顯然在短期內還不至於變成新聞史上的「亡者」。（作者按：卡波於二〇〇五年十一月二十二日宣布從「夜線」節目退休）

馮光遠的拜把兄弟
——司徒爾特（Jon Stewart）

我的朋友馮光遠有個美國拜把兄弟，他的名字叫司徒爾特（Jon Stewart）。這兩個人都是搞笑奇才，以損人爲業，以諷刺聞名。馮光遠的「給我報報」曾經風靡一時，司徒爾特在有線電視的「每日秀」，也是當今美國最火紅的電視節目。

「每日秀」是冒牌新聞節目，司徒爾特是冒牌新聞主播，他播報的新聞都是解構眞實新聞的假新聞。「給我報報」寫的也是幾可亂眞的假新聞，馮光遠一度也扮成小花臉徐玖經，當冒牌新聞主播。

但馮光遠已是半百老翁，司徒爾特才剛四十出頭。而且，「給我報報」最多衹有區區數萬讀者，收看「每日秀」的觀眾卻高達兩百多萬。

「給我報報」的言論影響力，雖然曾因張軍堂的「犀牛皮事件」一度漲停板。但「每日秀」近五年的影響力卻一年高過一年，根據調查，兩成多三十歲以下的年輕人，他們的政治資訊是來自「每日秀」。這樣的影響力足以讓馮光遠氣得脫口罵。

但司徒爾特紅到什麼地步？他拿過五次艾美獎，當過《新聞周刊》、《滾石雜誌》的封面人物。他不但被人稱爲地球上最好笑的人，也有人說他是年輕一代的華特克朗凱，新聞界的佛洛伊德，最敢向有權力者說眞話的小丑。他寫的書《美國》也是排名第一的暢銷書。

有一句話，蕭伯納說的：「最好笑的笑話就是說眞話。」司徒爾特搞笑就頗有這樣的味道。

有人問他如果布希上他的節目，他第一句話要問什麼？他說「他太忙了，忙著打仗，不可能有空上我節目」，「但如果他眞來了，我會問他，爲什麼我一看到你就覺得害怕？」

有人說布希很親切，是那種親切到讓你想跟他喝杯啤酒的人。但他說「我從來不跟酗酒的人喝酒。」

民主黨初選時，有人問他最希望誰當總統？他說霍華狄恩，理由是「美國歷史上從來沒有出過一個脖子比頭還要粗的總統。」

有人問他爲什麼認爲凱瑞會比布希做得更好？他回答說「如果有個人把我的車子開進壕溝裡，卻跟我說，你放心，我會開出來時，我寧可把車鑰匙交給站在旁邊的七歲小孩。」

有人問他對美軍轟炸其他國家有什麼看法？他說「我贊成美國繼續轟炸其他國家」，理由是「爲了學地理」，「如果美國不轟炸阿富汗，我還不知道它的首都是喀布爾。」

民主黨在波士頓開提名大會時，「每日秀」也跑到現場採訪，但卻拿不到採訪證，司徒爾特抱怨說「我們是排名第一的冒牌新聞節目，卻不能採訪提名大會這種冒牌新聞事件，眞是豈有此理。」

但搞笑的小丑也有發怒的時候。二〇〇四年總統大選投票前幾天，他在CNN談話節目「火網」上，大罵右派主持人塔克卡森是政黨打手，大罵「火網」本來應該搞辯論，但結果卻搞劇場，表演左右對抗的鬧劇。他並且接連說了四、五次拜託，「拜託你們不要再傷害美國。」「火網」之怒，讓他頓時成了反右派媒體的超級英雄。

反媒體英雄成了媒體英雄，冒牌新聞比正牌新聞更眞實，小丑講的笑話也比蛋頭學者更有權威，也難怪自由派的媒體教父比爾莫耶斯會說「未來的史家如果不看『每日秀』的影片檔案，就無法了解當今的美國政治。」

但司徒爾特能有今天，是因爲紅藍對立的今之美國，讓人充滿了挫折、沮喪、失望、憤怒、虛無。台灣現在藍綠對立比美國猶有過之，封筆已久的馮光遠何妨考慮重出江湖，跟他尚未謀面的美國拜把兄弟一爭長短？

第五輯

媒體的指揮：總編輯與總主筆

沒有廣告的報紙

——殷格索（Ralph Ingersoll）

廣告是媒體的命脈，但你曾經夢想過有一份報紙完全沒有廣告嗎？殷格索（Ralph Ingersoll）不但有這樣的夢想，更讓夢想成眞。

殷格索本來是《紐約客》的總編輯，後來被亨利魯斯挖角，創辦了《財星》雜誌，也做過《生活》與《時代》的負責人。他雖然高居《時代》第二把交椅，但《時代》的保守氣氛，卻始終讓他這個左派覺得「此處不宜久留」。在百貨業鉅子費爾德答應出錢資助他的一項「媒體實驗」後，殷格索立刻決定告別《時代》。

殷格索的「實驗」就是創辦一份報名叫PM的報紙。爲什麼是實驗？因爲《PM》

完全不登廣告。在一九四〇年代的美國報業中，這是一項空前的大膽嘗試。

《PM》創報第一天，殷格索就告訴他的讀者，這份報紙有六大特色：《PM》反對任何人欺壓他人，《PM》不接受任何廣告，《PM》不屬於任何政黨，《PM》絕對自由不做新聞檢查，《PM》收入的唯一來源是讀者，《PM》是能講也敢講眞話的報紙。

殷格索拒絕廣告的理由很簡單，他擔心廣告利益會影響編採言論的獨立。但殷格索並不是一個衹會唱高調的人，《PM》的六大特色看似曲高和寡，但其實它是一份「內容嚴肅，形式活潑」的報紙。

《PM》雖是小報形式，但在「時代帝國」的工作經驗，卻讓殷格索做了幾項革命性的創舉：他大量使用彩色印刷，大量使用圖片，大量刊登圖表新聞，並且採用雜誌的分版概念。《今日美國報》的風格有許多地方都可以追溯到《PM》。

更重要的是，由於殷格索登高一呼，他的辦報宗旨吸引了許多自由派加入《PM》的陣營。海明威替他寫過一系列的東方紀行報導，寫過《菸草路》的作家卡德威爾，知名的女性攝影記者布克懷特，台灣出版界非常熟悉的童書插畫作家蘇斯博士，也都曾是《PM》的明星級人物。

四〇年代的美國報紙多數都有很強的保守主義傾向，但《PM》卻被人稱為是「新聞界的新政」。殷格索與小羅斯福有很好的私誼，他支持新政，也支持美國參與二戰。《PM》更是強烈反對法西斯主義的媒體，它不但曾經揭發美國大企業資助希特勒的內幕，也譴責美國政府打壓異議人士與工會的法西斯行徑。

但在保守派眼中，《PM》雖反法西斯主義，卻不反極權主義。再加上報社內部成員又被人劃分為一半是自由主義者，另一半是共產主義者，殷格索等人因此都被麥卡錫列入有共產黨前科的名單中；FBI局長胡佛更對誰幕後出錢支持《PM》，誰化名替《PM》寫稿，一清二楚。

在二戰後的政治氣氛中，左派就等於政治不正確，左派媒體當然也就不可能是市場的主流。連《國家》、《新共和》這種小規模編制的雜誌，當時都面臨市場萎縮的困境，遑論是編制更大又不刊登廣告的《PM》。

當時美國報紙的售價每份約為二分或三分，《PM》雖然走高價位，售價五分，但它的發行量最多也祇有十五萬份，換算之後，《PM》每天祇能靠賣報紙賺到七千五百美元左右，《PM》辦了八年，就虧了八年，當然毫不意外。

費爾德雖然家財萬貫，也對辦報很有興趣，但連續幾年虧損，卻讓他下定決心要改弦易轍。但當他告訴殷格索，《PM》如果要活下去就必須刊登廣告時，殷格索給他的答覆卻是辭職。報業史上最大膽的一次實驗，最後還是以失敗收場。

殷格索的實驗雖然失敗，但《PM》在形式上與內容上的高品質表現，卻證明他是媒體改革的先行者；尤其是他的辦報理念，更是六〇年代許多地下媒體學習的樣板。

沒人歌頌的英雄

——麥克魯奇（Frank McCulloch）

《Life》又復刊了。亨利魯斯在一九三六年創辦的這本周刊，七二年曾停刊，七八年改成月刊復出，二十二年後再度停刊。這次復刊，《Life》跟七十多家報紙合作，每周免費隨報附送，發行量號稱一千兩百萬份。

在多數人印象中，《Life》是一本畫刊，每期都有像愛森斯達那樣的攝影大師拍的經典照片。但其實《Life》也有許多經典的文字採訪，影響力絲毫不遜於她的姊妹刊物《時代》周刊。

六〇年代時，《Life》有一個被人稱爲夢幻隊伍的調查小組，他們挖掘了許多震驚黑白兩道的內幕。這個被《Life》高層定名爲「藍隊」的調查小組，負責人是麥克魯奇（Frank McCulloch）。

麥克魯奇是魯斯的愛將之一，他是越戰新聞史的傳奇。在當《時代》西貢分社負責人時，他是戰地記者推崇的龍頭老大，也是最早對越戰幻滅的記者。

打越戰時，《時代》總社的人多數主戰，他們對麥克魯奇充滿悲觀論調的報導，經常留中不發。詹森偶爾讀到他的報導，也常拿起電話直通《時代》總編輯調侃說：「你們派在西貢的那個禿頭傢伙（指麥克魯奇），早就被熱帶的大太陽曬昏了腦袋。」

在西貢待了四年後，麥克魯奇被調回總社，負責《時代》、《生活》兩本周刊的新聞採訪，《Life》「藍隊」的黃金時期也從此開始。

「藍隊」挖掘的內幕，多半集中於黑手黨的組織犯罪，他們曾揭發過許多類似聖路易市長塞萬提斯與幫派勾結的內幕。但「藍隊」因爲一篇報導而造成一位大法官辭職，才讓他們眞正揚名立萬。

一九六八年六月，詹森提名他的好友佛塔斯（Abe Fortas）爲首席大法官人選，準備接替即將退休的厄爾華倫。但參議院卻以罕見的議事杯葛阻撓這項提名，最後逼得詹森撤回提名。

但佛塔斯的厄運並未結束。隔年五月初，「藍隊」大將之一的藍伯特（William Lambert）揭發他在大法官任內，接受一家「伍佛森家族基金」的聘請擔任顧問，每年酬勞兩萬美金。

大法官接受民間職位與酬勞已屬不當，更離譜的是，佛塔斯明知伍佛森家族涉嫌炒作股票，證券單位也正進行調查，他卻照收酬勞不誤，並且答應會替他們向證券單位關說。

藍伯特這篇調查報導，引起華府政壇譁然，也逼得上任才幾個月的尼克森，不得不展開調查。《Life》出刊十天後，佛塔斯宣布辭職，創下最高法院歷史上第一個因不名譽而下台的前例。《Life》的影響力可見一斑。

但佛塔斯事件才落幕一個月，《Life》立刻又寫下另一個經典之作。

麥克魯奇從越南回來後，對美國人祇關心反戰示威，而漠視戰場上日益增加的傷亡，非常憤怒。他通令《時代》、《生活》各地編制內與特約記者，彙整當周當地美國子弟在戰場上死亡的名單與照片。

六九年六月，以「在越南陣亡的美國人臉孔：一周統計」爲封面故事的《Life》，在各地銷售一空，內文中三百多位陣亡美軍的相片，也成爲越戰史的象徵之一。麥克魯奇說那期的《Life》是他新聞生涯中最自豪的一次表現。

麥克魯奇的故事其實多得說不完，他跟神祕富豪霍華休斯的交情，他跟羅伯甘迺迪的鬥法，他爲新聞自由打過的許多官司，每一個都精彩曲折。但他不擅作秀，也沒寫過回憶錄，他的故事流傳不廣，有人形容他是一個「未被歌頌的英雄」。

八十多歲的他如今住在養老院裡，偶爾有人來訪，他總戲稱早已打包整裝待發，但徵召他上戰場的電話卻從未響過，老記者祇能在回憶中逐漸凋零。

最危險的總編輯

——布萊德利（Ben Bradlee）

回頭再看一九七二年那段歷史，我仍然像當初一樣的訝異與困惑：當報館面臨生死存亡關頭時，他怎麼敢那麼信任那兩個毛頭小記者？

水門案爆發時，伍華德二十九歲，剛進《華盛頓郵報》九個月。伯恩斯坦二十八歲，雖有六年資歷，但報社曾一度想請他走路。兩個人都是地方版記者。

但總編輯布萊德利（Ben Bradlee）卻把《郵報》的命運交在這兩個小鬼手裡。從案發到尼克森辭職，整整二十六個月，他放手讓「伍斯坦（Woodstein）」二人組帶著《郵報》一路跌跌撞撞，沒想到結果竟然撞倒了一位總統，也撞出了一個郵報帝國。

布萊德利有次對伍華德開玩笑說：「如果早知道這條新聞會鬧這麼大，打死我也不會派你們兩個小鬼去採訪。」而且當時《郵報》的政治組記者，個個都是響叮噹的大牌記者，有人懷疑那兩個菜鳥「他們說的消息來源是眞的嗎？」「地方新聞炒成這樣，根本就是小題大作！」

但即使報館內部反彈這麼大，布萊德利仍然堅持讓小鬼當家。他甚至到尼克森下台許久之後，才首次問「伍斯坦」他們的消息來源「深喉嚨」到底是何方神聖。

《郵報》當時的老闆葛蘭姆雖然曾一度很不解：「如果這條新聞眞那麼重要，爲什麼其他媒體沒有跟進？」但因爲她信任布萊德利，所以她也從不懷疑「伍斯坦」，甚至她至死仍不知「深喉嚨」是誰。

採訪水門案的前九個月，《郵報》一直是孤軍作戰，新聞同業冷眼旁觀，等著看《郵報》鬧笑話。有人還嘲笑那兩個小鬼不是替布萊德利挖新聞，而是替他挖墳墓。但更可怕的是政治的壓力。

從頭開始，白宮就矢口否認與水門案有關。尼克森幾次上電視說他將查辦到底。副總統安格紐指控《郵報》是麥高文的打手。司法部長米契爾惡毒的詛咒葛蘭姆的奶頭會被絞肉機絞碎。白宮發言人齊格勒諷刺《郵報》的報導是集荒謬之大成。共和黨競選總部主席杜爾則以民主黨的陰謀來醜化《郵報》。

在語言暴力之外，白宮更監聽《郵報》的電話，並跟蹤布萊德利等人，甚至還準備吊銷《郵報》的電視台執照。尼克森在一九七二年底的總統大選，以超過六成一的超高得票率獲得連任後，更要求他的部屬立刻進行「埋葬郵報」的行動。

其實不等尼克森下令，《郵報》當時的股價早已從每股三十八美元跌到十六美元，資產早就縮水了一半。

菜鳥記者當家，資深記者反彈，新聞同業袖手，政治壓力排山倒海而來，股票價格一路下跌，報館命運岌岌可危。面對這麼多同時轟然而來的壓力，如果你是總編輯，你會做什麼選擇？會不會其中任何一項壓力都可能讓你投降？但布萊德利卻選擇硬幹到底。

布萊德利當了二十六年的總編輯，在他之前《郵報》從沒拿過普立茲獎，但他任內卻替《郵報》拿了十八座普立茲獎，也讓《郵報》從一份地方小報，變成了與《紐約時報》平起平坐的全國性大報。

在他的卸任派對中，《郵報》當時的總主筆格林菲兒讚美布萊德利說：「他最大的貢獻，是讓《郵報》變成了一份『危險的報紙』，一份讓有權力、不誠實、擅長欺騙的人感覺危險的報紙。」

但三十多年後，還有哪家報紙是「危險的報紙」？《紐約客》的總編輯大衛瑞米尼克更感嘆：「今天誰還有興趣去當『危險的總編輯』？」

布萊德利過八十四歲生日時，曾經有人稱讚他是「最後的總編輯」，但他一定會很困惑：爲什麼「布萊德利」會變成了絕響？

別舔那隻餵你的手

——道尼（Leonard Downie Jr.）

《華盛頓郵報》總編輯道尼（Leonard Downie Jr.）是「好新聞」的信徒，他相信「好新聞不一定能經常扳倒一位總統，卻可能改變人的一生，不管是大人物或平常人。」扳倒總統的好新聞指的當然是七〇年代《郵報》的水門新聞。當時，道尼是都會版的負責人，直接督導伍華德與伯恩斯坦的採訪。

道尼自己也是調查記者出身，他從當實習記者起，四十年一直待在《郵報》。他的前任布萊德利是「郵報帝國」開國第一功臣，作風大開大闔，魅力不可擋。相比之下，道尼顯得低調守成，凱薩琳葛蘭姆甚至調侃他有點乏味。

但道尼比布萊德利魅力不足，比謹守專業分際卻有餘。爲了貫徹編輯與言論「政教分離」的原則，他很少看《郵報》的社論。爲了劃清媒體與政治的界線，他當總編輯十三年，也從來沒投過一次票。

問他爲什麼不投票？他的理由是「作爲報紙新聞的最後決定者，即使是私底下，我也不應決定誰該當總統或市議員。我希望對各黨各派與各種可能性，都抱著開放的想法。」守分際竟然守到這種幾近潔癖的地步，雖然不可思議，卻可見他自律之嚴。

嚴守分際的人當然也不可能允許別人逾越分際。柯林頓入主白宮後，本來以爲《郵報》會是他的盟友。沒想到道尼卻窮追猛打希拉蕊的白水案，即使柯林頓數次打電話向他示好，希拉蕊也邀他到白宮作客溝通，道尼依然不爲所動。直到今天，柯林頓夫婦對他仍無法釋懷。

《郵報》雖然擅長挖醜聞，但對政客緋聞，道尼卻有一套處理準則。杜爾競選總統時，《郵報》記者挖到獨家，發現他在二十八年前有段婚外情。即使證據確鑿，而且伍華德等編採主管也一致認爲應該刊登，但道尼卻力排眾議，他的理由是，二十八年前的事跟杜爾現在選總統沒有任何關連。柯林頓在阿肯色州長任內跟波拉瓊絲的緋聞，道尼也是依此準則處理。不過陸文斯基案發生後，道尼對小柯卻毫不手軟。

但總編輯再怎麼嚴守分際，新聞也難免出錯。布萊德利曾因女記者庫克捏造新聞得到普立茲獎，向讀者致歉；道尼也因爲《郵報》處理反恐戰爭新聞盲目相信官方說法而公開認錯。

道尼之所以認錯，不是因爲《郵報》記者盲目，盲目的是他自己與其他編輯主管。他們經常把官方說法放在頭版，卻把記者質疑官方的新聞放在不起眼的最後幾版。他們的理由是「都要打仗了，何必再管那些唱反調的東西？」

道尼承認《郵報》主管這種集體心態是錯的。「我們太專注政府在做什麼，卻沒有同等對待那些反戰的聲音，也未質疑政府開戰的理由，更沒有把這方面的新聞經常放在頭版」，「這是我的錯誤。」道尼認錯的新聞刊登在《郵報》頭版，新聞長達三千多字。

八〇年代，雷根政府的國安系統官員違法濫權，祕密進行軍售伊朗再金援尼加拉瓜反抗軍的勾當。但當時《郵報》卻完全被蒙在鼓裡，直到黎巴嫩媒體爆料後，《郵報》這隻看門狗才突然驚醒。道尼事後常以此例作爲「當看門狗不叫」的鑑戒，要求記者不能盲目相信總統。但事隔十幾年後，《郵報》又因盲目相信總統而重蹈覆轍。

政客（尤其是總統）餵媒體新聞就像餵食看門狗，有些媒體不吃嗟來食，反咬餵他的那隻手，像水門時代的道尼與《郵報》。有些媒體不但吃得津津有味，而且還嘖嘖有聲猛舔那隻餵他的手，像反恐戰爭時代的道尼與《郵報》。但犯道尼之錯者，天下媒體又豈僅他一人而已。

最後堡壘沒有淪陷

——柯林絲（Gail Collins）

關鍵的年代，大是大非的時刻，最能看出媒體的專業與風骨。

美國兩大知名刊物《紐約書評》與《哥倫比亞新聞評論》，二〇〇四年初不約而同針對媒體在伊拉克戰爭前後的表現，提出嚴厲的批判。其中《紐約時報》被批得最多也最慘。

《時報》的戰爭新聞，幾乎篇篇都是獨家，都在指控伊拉克發展核武與化武，以及證實賓拉登與海珊暗中掛鉤。《時報》執全球媒體牛耳，沒有人會懷疑《時報》的新聞。

但事後卻證明《時報》的新聞多數都錯了。《時報》的記者不是被伊拉克投誠者故意放假消息誤導，就是太輕易相信官方的說法。一直到戰後，《時報》才自我反省，承認錯誤。

然而不幸中的大幸是，《時報》社論這塊最後堡壘並沒有淪陷。

在美國六大報紙中，《華爾街日報》、《芝加哥論壇報》、《今日美國報》與《華盛頓郵報》的社論，在戰前都主戰。《紐約時報》與《洛杉磯時報》則是有條件的主戰。

但戰爭開打前夕，東西岸兩大《時報》的社論卻開始旗幟鮮明地反戰，《郵報》不久後也跟進。《今日美國》對戰爭偶有質疑，《華爾街日報》與《論壇報》卻自始至終不改鷹派論調。

如果從戰前、戰爭期間再算到戰後，六大報中祇有兩大《時報》的社論，勉強能夠一以貫之維持反戰立場。

有趣的是，反戰的東西兩岸《時報》以及主戰的《今日美國報》，總主筆都是女性。其中以《紐約時報》的柯林絲（Gail Collins）最受大眾矚目。

柯林絲是《時報》創報一百五十多年來第一位女性總主筆。她原本以爲可以做一個太平總主筆，但沒想到上台才一個多月就碰到九一一恐怖事件，接著又是打阿富汗、打伊拉克兩場戰爭。她做了三十多年新聞工作，但過去三年的經驗卻讓她覺得以前都像活假的。

過去能夠當《時報》總主筆的人，出身一定是《時報》的資深大牌記者。但柯林絲沒有當過一天《時報》記者，當總主筆前，在《時報》的資歷也祇有短短六年。其中五年當隱姓埋名的社論主筆，另外一年當掛名的專欄作家。在她寫專欄的一年合約期滿前，許多人還猜測她可能會被改調跑新聞，誰也沒想到她竟然三級跳被拔擢當社論版的頭頭。

柯林絲過去是以替《紐約每日新聞》這類小報寫諷刺體專欄而聞名紐約。她雖然被人稱爲「紐約之寶」，但進《時報》後卻有人批評她欠缺全國性的新聞經驗，諷刺她是「全國性專欄作家其形，地方級靈魂其實」的怪胎。但她當了三年總主筆後，嘲笑她的人都閉上了嘴巴。

這幾年可以說是《紐約時報》的黑暗時期。不但戰爭新聞受到質疑，兩位王牌記者也因爲被揭發新聞作假而辭職，最後甚至連權傾一時的總編輯雷恩斯也爲此被迫掛冠而去。

雷恩斯是引進並且不斷提拔柯林絲的人，他在當總主筆時一向反對「兩隻手的社論」，祇要有人在文章中寫說「一方面如此，另一方面那樣」，他一定大筆一揮立刻刪掉。他雖然不像他的前任傑克羅森道常常說：「我們是他媽的《紐約時報》耶！」要求每篇社論都要寫得斬釘截鐵，但雷恩斯卻始終站在自由派的第一線沒有退卻。

兩場戰爭雖然讓《紐約時報》受傷慘重，但幸好還有柯林絲守住了最後一道防線。《時報》十樓總主筆辦公室窗外那一面自由派的旗幟仍在風中飄揚。

放烽火的人

——卡崔娜．范登豪沃（Katrina vanden Heuvel）

《國家》今年（二〇〇四年）已一百三十九歲了，這本在林肯打內戰時期就創辦的老左派雜誌，雖然創刊多久就虧損多久，但卻撐到現在還沒倒掉，而且愈活愈像一尾活龍。

維達爾（Gore Vidal）曾經形容《國家》就像羅馬帝國時代放烽火示警的「諾曼塔」，而《國家》的歷任總編輯就是放烽火的人。九年前，讀大學時曾經在《國家》當過實習生的卡崔娜．范登豪沃（Katrina vanden Heuvel）接任總編輯後，「諾曼塔」更是烽火連九年。

卡崔娜是自由派陣營閃亮的明星，但因爲她跟她丈夫都是「俄國通」，曾經長住莫斯科，討厭她的人因此常叫她「卡崔娜同志」。又因爲她出身富裕家庭，但卻以進步主義者自居，批評她的人也常諷刺她是「坐禮車的左派」。

但《華氏九一一》導演麥克摩爾卻說卡崔娜是他的夢幻總統人選。這幾年潰散各地的自由派知識分子也以她爲中心，紛紛集結在《國家》的旗幟下重整旗鼓。更重要的是，才四十多歲的卡崔娜讓老邁的《國家》又有了一個新的生命。

跟其他周刊相比，《國家》的發行量一向少得可憐，最多也祇有五、六萬份而已。每年的財務支出不是靠雜誌負責人到處募資，就是靠一萬多個死忠的「國家之友」的捐獻。但共和黨執政這幾年，《國家》的發行量卻成長了一倍，卡崔娜自我解嘲說右派才是《國家》的最佳推銷員。

過去幾年美國媒體集體向右轉，但《國家》卻始終堅守自由派的四行倉庫。而且卡崔娜不但能固守陣地，還不時深入敵營打游擊戰。她是電視曝光率最高的自由派，祇要有電視台發通告，她一定單刀赴會舌戰保守派群雄。

美國電視談話秀現在幾乎盡在右派手中，但有八成以上的民眾卻是從電視獲知新聞訊息。卡崔娜說這些數百萬沒看過《國家》的人日復一日被右派洗腦，久而久之已經忘掉了進步主義才是美國的主流價值，所以她必須要上電視去打仗，去喚醒民智。

她說右派這幾年成功改寫了許多名詞的定義。異議變成了不忠，自由派現在變成了激進派，激進派變成了瘋子。反之，過去的反動派現在變成了溫和派，瘋子也變成了忠實的保守派。

卡崔娜一直想做個實驗：她想把開國先賢制定的「人權法案」拿去給共和黨國會議員簽署，她相信這些人如果事前未被告知簽的是什麼，以他們現在的人權水平，一定會認爲「人權法案」是一部叛亂法案。她說合眾國交在這批人手中，能不讓人悲乎哀乎。

她說美國現在掌權的盡是一批頭腦有限但權力無限的人。柯林頓以前說謊，祇有希拉蕊一人哭泣。布希現在說謊，卻有成百上千的美國人死亡。而且右派販賣的是「尼安德塔人的過時觀念」，但因爲自由派在「理念的戰爭」中祇打防守戰，一遇挫折失敗，就祇會緬懷往日「進步年代」的美好時光，也難怪會讓那批上古的尼安德塔人攻占了今日美國。

最近幾個月卡崔娜不但站在「諾曼塔」上頻放烽火，她也常跑出塔外奔走呼號，呼籲那些隱藏在群眾中的數百萬進步主義者，不要逃避，不要閉嘴，不要坐等時間流失，要把二〇〇四年底總統大選視爲一生中最重要的一次選舉。並且在「奪回美國」（她的新書書名）之後，逐步去建立包括媒體民主運動在內的那些「進步主義的下層建築」。

期待一個新的「進步年代」的來臨，卡崔娜正用行動在實現她的夢想。

沒有終點的游牧

——金斯利（Michael Kinsley）

有些新聞人從一而終，一生祇待過一家媒體；有些人卻像游牧民族，逐媒體而居。但很少人像金斯利（Michael Kinsley）一樣，曾經游牧於舊媒體與新媒體之間，而且皆有所成。

金斯利的新聞資歷至今（二〇〇四年）二十八年，前十四年他待過的舊媒體包括《新共和》、《華盛頓月刊》、《哈潑》、《經濟學人》等；後十四年，他當過六年半的CNN知名談話節目「火網」的主持人，以及七年半的網路雜誌《石板》的總編輯。二〇〇四年六月，《洛杉磯時報》聘他當總主筆，他又重回舊媒體。

金斯利二十五歲還在哈佛法學院讀書時，《新共和》老闆馬丁裴瑞茲就看上他，請他寫專欄，並培養他當總編輯接班人。他雖然沒當過記者，但他有很好的學術底子，而且他是華府最沒有政治恐懼的專欄作家，即使是頭聖牛，他也敢宰而烹之做成漢堡來吃。他的專欄很快就成為《新共和》的招牌。

裴瑞茲雖是他的啓蒙師父，但當裴瑞茲的政治立場逐漸向右轉後，金斯利決定告別師門另逐水草。但誰也沒想到他的下一個選擇竟然是CNN的「火網」。

金斯利一向排斥電視，常上電視的那些「談話頭」，也被他形容是廢話連篇的人。當有人問他為什麼也成了廢話階級的一員？他坦承是為了虛名與財富。不談高得嚇人的薪水，連走在耶路撒冷街上都有人認得他，這種虛榮連他也覺得暈暈然。

但電視生涯卻讓他身心俱疲。「火網」的另一位主持人是大右派布坎南，電視台因此要求他必須要「扮演」唱反調的大左派角色。他雖然是個溫和自由派，但他一向反對意識形態掛帥。電視台要他演自由派，布坎南說黑，他就說白，而且還要求他跟別人比大聲，卻讓他痛苦不堪，下定決心要告別電視。

但當他的朋友知道他下個選擇是搬到西雅圖微軟總部，準備創辦網路雜誌時，所有人都不敢置信：哪有人會從地球游牧到另一個完全陌生的星球？

金斯利是個舊媒體人，到西雅圖之前，他衹懂古騰堡的舊媒介，對網路這個新媒介一竅不通。但微軟是網路的太廟，金斯利入太廟後凡事問，問到最後終於問出了《石板》這個新聞史上前所未有的網路雜誌。

但《石板》剛問世時，沒有人看好。它雖有新媒介的形式，有各種互動機制，但新媒介裡面裝的卻是個舊媒體的老靈魂。金斯利辦《石板》就像辦《新共和》，講求的是舊媒體的方法論，強調的也是舊媒體的價値論，《石板》就像是網路版的《新共和》。

但誰也沒料到《石板》會有今天：它是閱讀率最高的網路雜誌，收支也接近平衡，它的言論影響力更絲毫不遜於許多知名的舊媒體，碰到爭議性話題時，「石板怎麼說」有時候比「新共和怎麼說」更引人矚目。舊媒體人能在另一個星球上打下一片江山，唯金斯利一人而已。

因爲江山已定，再加上帕金森症纏身，金斯利二〇〇二年已交出《石板》總編輯的棒子。他目前定居在西雅圖華盛頓湖畔花了六百多萬美金買來的豪宅中，早已不需要像年輕時那樣再追求虛名與財富。

但當《洛杉磯時報》老闆向他招手，並且同意他可以花一半時間在西雅圖工作時，過去衹在報紙寫過多年專欄，但從沒當過報紙總主筆的金斯利，當然爲之心動，另一次的游牧也於焉開始。

二十八年游牧，多少次人生意外；金斯利才五十三歲，還有個漂泊不安的靈魂，洛杉磯絕不會是他游牧的終點。

屏老

年過半百後這幾年，我常拿自己現在的年齡跟當年剛進報館時見到的那些老人相比：余先生當時多少歲？六十七；屏老呢？才五十，比我現在還年輕！

「屏老」，我這個世代的人一直都這樣叫他。在那個世代《時報》記者的記憶裡，大概都有他遠遠地坐在總編輯位子上的那個畫面。七〇與八〇年代的報業史，「張屏峰」更是一個不得不提到的名字。

他當總編輯的那個年代是戒嚴的年代，有報禁也有黨禁。也是警總、文工會、新聞局如鬼魂一般與媒體朝夕相伴，萬山不許一溪奔的年代。當然，那也是兩大報二分天下，報老闆是國民黨中常委的年代。

現在這一代的記者，可能很難想像那個年代的肅殺氛圍於萬一，也很難體會什麼叫有限新聞自由的那種苦澀滋味。但也就在這種陰暗的時代氛圍裡，隱約出現了許多老生命蛻變、新生命誕生的聲音。

那幾年，嬰兒潮世代一批批進了報館，守舊的人視他們爲紅衛兵，但他們在報館少數掌權老人的默許下，一點一滴竟然逐漸讓報紙出現了量變引起質變的效果。

那幾年，前仆後繼的黨外雜誌，不但扮演了衝決言論網羅的角色，也引領著民主運動的溪水，一寸一尺地「到得前頭山腳盡」。

也許可以用「雙城記」來形容那樣的年代吧。年輕記者雖然不得不迂迴婉轉曲筆爲文，但大家都學會了「埋地雷」的功夫，在字裡行間偷偷埋下祇有那麼一丁點分量的所謂理想。

但報館掌權老人手中拿的那支紅筆卻像是探針，探到小地雷，他們也許不忍挖出；但大地雷卻非挖掉不可。防內之餘，他們還要抗外，要抗拒三不五時就偷襲進逼的黑暗勢力。

我這個世代的人就是這樣當記者的，屏老那個世代的人也是這樣當總編輯的。以今視昔，衹能用不可思議來形容那樣的現實。那也是一種衹要能看見自己在石頭縫裡竟然也能栽種出一朵野花時，就覺得滿心快樂自豪的，既荒謬又殘酷的現實。

就在這樣的現實下，他讓報份衝到六十萬、一百萬。有人形容他是一個很冷的總編輯，木訥寡言，行事低調，常常板著一張冷漠的臉。也許這是他的個性使然，但我卻常懷疑，在那樣的時代氛圍中，他的冷也許更是不得不然。

但即使他是那麼地冷，他卻包容了許多那個世代的記者。有些人也許不是他引進報館的，也許跟他的理念是南轅北轍的，也許視他為保守頑固的，也許公開或私底下常頂撞他的，他都承受下來，並且讓他們還能在有限的三大張報紙上發出聲音，讓他們一個個冒出頭來。

這十幾年，我離開報館闖蕩江湖，衹偶爾跟他見面，偶爾聽人聊起他的境況，看他日漸老病纏身，聽他點滴回憶過往，心中難免惻然：屏老老矣。

更令人惻然的是，他走前住院三個多月，但在彌留之前，竟然無人得知他生病住院之事。他一生低調，但低調得這麼徹底，低調到他人生最後一刻，卻讓人有不知從何說起之感。

朋友說，好在這幾年他不在報館，否則看著時代的變化，看著變成今天這樣的時局，這樣的政治，這樣的媒體，他一定比以前更不快樂。現在離開未嘗不是解脫，病痛的身體與憂憤的心智都得到了解脫。

屏老是於二〇〇五年元月十四日夜裡與世長辭。熟識他的人除了忘不了他遠遠地坐在總編輯位子裡的那個畫面，忘不了他叫你名字時那一口四川口音，也忘不了在麻將桌上他摸牌的那個朱砂掌。

INK PUBLISHING

文學叢書 111

凱撒不愛我

作　　者　王健壯
總 編 輯　初安民
責任編輯　施淑清
美術編輯　許秋山
校　　對　施淑清　王健壯

發 行 人　張書銘
出　　版　INK 印刻出版有限公司
台北縣中和市中正路 800 號 13 樓之 3
電話： 02-22281626
傳真： 02-22281598
e-mail:ink.book@msa.hinet.net
法律顧問　林春金律師

總 代 理　成陽出版股份有限公司
業務部／訂書電話： 02-22256562　訂書傳真： 02-22258783
訂書地址：台北縣中和市中正路 800 號 11 樓之 2
e-mail ： rspubl@sudu.cc
網址：舒讀網 http://www.sudu.cc
物流部／電話： 03-3589000　傳真： 03-3581688
退書地址：桃園市春日路 1490 號
郵政劃撥　19000691 成陽出版股份有限公司
門市地址　106 台北市新生南路三段 96-4 號 1 樓
門市電話　02-23631407
印　　刷　海王印刷事業股份有限公司

出版日期　2006 年 2 月 初版
ISBN 986-7108-19-1
定價　240 元

國家圖書館出版品預行編目資料

凱撒不愛我／王健壯 著.－－初版，
－－臺北縣中和市： INK 印刻，
2006〔民 95〕面 ；　公分（文學叢書；111）

ISBN 986-7108-19-1（平裝）

1.新聞業 － 傳記

899.9　　95000060

NK INK INK INK INK INK INK
INK INK INK INK INK INK IN
NK INK INK INK INK INK INK
INK INK INK INK INK INK IN
NK INK INK INK INK INK INK
INK INK INK INK INK INK IN
NK INK INK INK INK INK INK
INK INK INK INK INK INK IN
NK INK INK INK INK INK INK
INK INK INK INK INK INK IN
NK INK INK INK INK INK INK
INK INK INK INK INK INK IN
NK INK INK INK INK INK INK
INK INK INK INK INK INK IN
NK INK INK INK INK INK INK
INK INK INK INK INK INK IN
NK INK INK INK INK INK INK
INK INK INK INK INK INK IN
NK INK INK INK INK INK INK
INK INK INK INK INK INK IN
NK INK INK INK INK INK INK
INK INK INK INK INK INK IN
NK INK INK INK INK INK INK
INK INK INK INK INK INK IN
NK INK INK INK INK INK INK
INK INK INK INK INK INK IN
NK INK INK INK INK INK INK

INK INK INK INK INK INK IN
NK INK INK INK INK INK INK
INK INK INK INK INK INK IN
NK INK INK INK INK INK INK
INK INK INK INK INK INK IN
NK INK INK INK INK INK INK
INK INK INK INK INK INK IN
NK INK INK INK INK INK INK
INK INK INK INK INK INK IN
NK INK INK INK INK INK INK
INK INK INK INK INK INK IN
NK INK INK INK INK INK INK
INK INK INK INK INK INK IN
NK INK INK INK INK INK INK
INK INK INK INK INK INK IN
NK INK INK INK INK INK INK
INK INK INK INK INK INK IN
NK INK INK INK INK INK INK
INK INK INK INK INK INK IN
NK INK INK INK INK INK INK
INK INK INK INK INK INK IN
NK INK INK INK INK INK INK
INK INK INK INK INK INK IN
NK INK INK INK INK INK INK
INK INK INK INK INK INK IN
NK INK INK INK INK INK INK
INK INK INK INK INK INK IN

INK